単細胞にも意地がある

ナマコのからえばり

椎名　誠

集英社文庫

単細胞にも意地がある　目次

1 謎のどろめ祭り

2 フィヨルドの北極海を行く

3 拡声器国家、日本

4 あらしの夜に

5 秋ふかし老人ぶつぶつ日記

目次・扉デザイン／タカハシデザイン室
扉イラスト／山﨑杉夫

単細胞にも意地がある

ナマコのからえばり

1 謎のどろめ祭り

謎のどろめ祭り

この十年ほど「雑魚釣り隊」というタイやマグロよりも雑魚が大好きで大好きでしょうがない（本当はそれしか釣れない）オヤジ仲間と全国各地の雑魚を求めてさすらいの旅に出る。毎月一、二泊のキャンプ旅だ。

三月は高知県だった。だいたいその季節に合わせて行き先（海とか川とか湖とか水たまりとか）を選んでいるが、三月は高知、と決まっていた。高知県がいま進めている高知をより広く深く知ってもらう「おもてなし」のキャンペーンの一環にノセてもらったのだ。高知県でも都市集中や都会への若者流出現象があり、むかし大家族だった大きな家が無人同然になってきているらしい。

そういう「お屋敷」をタダ同然で貸してくれるサービスがあるのだ。雑魚釣り隊は関東を行動範囲のベースにしていろんなメンバーがいるが、今年（二〇一四年）に入って関西の仲間が「一緒にまぜてくれへんか」と言ってきた。

わざわざ「加入お願い」という嘆願書みたいなものまで持ってきた。「そんなのいらへんがな。すぐに来たらええんや」と、我々は即座に関西弁化し、新たに関西勢四人が加わった。そいつらとの最初の合同慰霊祭じゃなかった合同釣り合宿をその高知で行ったのである。十七人が集まったが、その日不参加のメンバーを合わせるといまやわしらは二十五人超の大所帯になる。やがて東北からも六人ほど加わることになっており、なんだか広域バカオヤジ群団の気配になってきた。

貸し別荘のようなその民家は、むかしの高知の人の生活を体感できる大きな造りで、二階建ての各部屋は襖《ふすま》で仕切られているので、それを外すと三十人から五十人は入れる大広間になる。台所には全ての調理器具が揃《そろ》えてあるし、寝具もあるし、まことにありがたきしあわせのしつらえなのであった。

買い出しをかねてさっそく県の「おもてなし課」のみなさんに挨拶に行った。みんな気持ちのいい笑顔ばかりで早くも精神的に「おもてなし」されてしまった。

その日はおきゃく（土佐《とさ》弁で宴会のこと）というお祭りだった。お祭りといっても神《み》輿《こし》や山車《だし》が出るわけではなく、主役はむしろ市民、つまり住人で、アーケード街を中心にとても全部見て歩けないくらいたくさんの屋台が出てアトラクションなどもそこかしこで行われている。我々は新鮮で安い食材などを仕入れつつ、ひるめしもいろんな屋台で買い集めてきたものですませた。うまくて安い。

巨大な坂本龍馬《さかもとりょうま》像の前でなまめかしい半裸衣装をつけたきれいなお姉さんらのベリーダンスなどというものを眺めつつ、明治維新とイスタンブールを同時に頭に思い浮かべながらクジラとラーメンとハンバーガーなどを交互に食っていたのであった。ほんま、時代はめっちゃインターナショナルでっせ。

午後、「おもてなし課」の感じのいいお姉さんに誘導されるまま有名な「どろめ祭り」の会場に案内された。

名前は聞いてはいたが我々は誰一人内容を理解していない祭りであった。

まず「どろめ」がわからない。しかし高好感度姉さんにおしえてもろた。どろめとはイワシの稚魚のことであった。季節になるとこのあたりそれがいっぱいとれる。関東者の感覚でいえば「シラス」である。しかしそれがここでは生きて大群でやってくるのである。本日のこの祭りとそれがどういうつながりになるのか相変わらずわからないのだが、祭りの実態は大相撲で横綱が飲むみたいな朱塗りの大杯で大酒一升をイッキに飲む祭りなのであった。

しかしこの日は春の大会で、本番は夏であるという。要するに春のセンバツ大会だ。お酒も半分の五合まで。それを大勢の前でイッキに飲むのである。

参加希望者は即日その会場で受け付けてくれる。「雑魚釣り隊からも参加を」と言われ、少し考えた。我々の仲間はアホではないかと思うくらい酒飲みが多い。しかしそれは海岸焚き火《たび》キャンプの場での話で、こういう公式（？）のタタカイの場ではどうか？

頭に浮かんだ出場者は「阿波《あわ》踊りのショカツ」と「名古屋のアマノ」だった。二人に言いきかせる。ショカツは徳島出身で、阿波踊りをしながら我々のアジトである新宿の居酒屋にやってきたので面白いやつ、とスカウトされた。天野は推定一二五キロのスモウトリ型巨漢。

前々から聞いてはいたが高知はハチキンと呼ばれるめっぽういい女がめっぽう酒が強く、男もかなわないという。

その日の参加者がそのとおりだった。男も女も大杯の五合を平均十五秒ぐらいで見事に飲み干す。いやはやびっくりした。

やがて招待選手の先陣、わがチームのショカツが命じたとおり阿波踊りをしながら舞台に出た。そしてやつはちゃんと飲み干した。

しかし十五秒前後だった。数人来ていた芸者さんのうち源氏名「金魚さん」があでやかに登場し、堂々たる色っぽさをふりまきながらなんと五・六秒で飲み干した。

割れんばかりの拍手拍手。数人おいてわが隊の代表、天野の番になった。彼はぼくのとなりに座っていたのだが、さいぜんからどうも落ちつきがない。不安と焦りと悔恨と絶望と衝動的逃避欲望が合わさったような顔をしている。舞台まで歩いて行けるだろうか。

一群の責任者として出場辞退を申し述べようかと迷っている矢先に彼の名が呼ばれてしまったのだ。なんとなくおどおどしながら舞台に向かう天野の巨大な背中。

しかし彼は見事にやった。大杯をいい角度でもちあげ、最初の数秒はもしかすると三十秒以上を思わせる緩慢な動きだったが、そのあと魔法のようにスルスルスルッとイッキに飲み干し、タイム五・一秒だった。堂々第一位。会場はスタンディングオベーションだ。

あとで聞いたら、口の幅と大杯から酒を流しこむ流量幅の調整をしていたらしい。おー！　なんというカシコサ！　焦って口の端から酒をこぼすと減点になるのだ。事前に医師から血圧などの計測があり、飲みおわったあと自分で吐けるだけ吐くことも指導されるらしい。

しかも春のこのセンバツを優勝した天野は、夏の「本戦」のシード権を得たようだ。それまで特訓だ。酒注《つ》ぎ係はたくさんいる。さてかんじんの釣りだが、翌朝五時のチャーター釣り船で暗い海に出ていった。オニカサゴ狙いで、新参関西勢がなかなか活躍した。ぼくは不細工にでかいエソを一匹。これは練り物になるくらいで、やはり堂々たる雑魚であった。

土佐では四万十川《しまんとがわ》がぼくには馴染《なじ》みだ。夏にはそこでのキャンプが決まった。

爪切りハイジャッカー

誰かが書いていたが、外国へ行くとき、あるいは帰国したとき、日本の空港の出入国審査官はどうしてみんなあのように無表情無感情の能面仮面顔なのだろうか。

これはぼくもずっと以前から感じていたことなので頷《うなず》きつつ読んだ。とくにいいかげんで陽気でハッピーで笑顔だらけのラテン諸国の旅などから日本に帰ってきたときは別の宇宙に来ちゃったような、人間じゃない生物がいるような国への帰還という気分になる。

初めて日本にやってくる多くの外国人はあそこで目で見る「日本国家」を最初に体感することになるのだろうが、無表情で沈黙し、きわめて事務的にテキパキ処理する「あの係の人＝国家の人」を見て、彼らの感じる日本の初印象はどうなのだろうか。

それぞれにいろんな感想があるだろう。ぼくは日本人なので、あのきわめて日本的な処理機能の早さにいつも感心する。国によってはとんでもなく時間のかかる手際の悪い人たちがいてその効率の悪いドタバタぶりがその国の印象を代表してしまうことがよくある。

中国などは信じられないくらい意味なく威張っているところがあり、パスポートをほうり投げて返したりする。中国のイミグレーションは係官の座っているところが二〇センチぐらい高くなっていて、わざと威圧感をもたせるためか上から目線で何時《いっ》いっても好きになれない国家の入り口だ。

ロシアとかミャンマーは審査と荷物の通関に時間がかかる。沢山のデータを調べ、検査官同士で何ごとか耳打ちなんかしたりして実にいやな感じ。二十年ぐらい前のロシアは持ち込むカメラの製品番号なども記録するのでやたら時間がかかり三時間だ！

ミャンマーの税関はその日の係員の質によって扱いがずいぶん違うらしい。一般の人はみんな親切で優しいのに「国家」がオモテに出てきてしまうとダメになるのだろう。

アルゼンチンとかブラジルなどはみんな基本がウエルカムなので、イミグレーションのおっさんが鼻歌をうたいながらスタンプを押してくれたりする。「いい旅を」と言ってくれる国もそのあたりの人々だ。

日本に初めてやってきた外国人の多くは日本の空港がきれいに清掃されていて「嫌な臭いがまるでしない」とよく言う。

国のにおいというのはたしかにあり、インドなどは「甘い匂い」がよく指摘される。ぼくは初めてインドに行ったときカレーの匂いがするのだろうと思っていたのだが大違いだった。甘い匂いはおそらく花の匂いだ。

モンゴルもよく行った国だが、六、七年前までは日本から行く場合、必ず北京《ペキン》に一泊して、翌日モンゴル航空でウランバートルまで行く。その飛行機に乗ったときに「もうここからすでにモンゴルだ」と思ったものだ。

においが完全にモンゴルなのだ。乳と動物のにおい。飛行機のシートやキャビンのいたるところに染みついた「民族のにおい」だ。日本の安ホテルの、長年にわたるタバコの臭いがカーテンやベッドカバーに染みついてもう金輪際とれない、というのと似ている。

インド人が日本にやってきて最初に感心するのは空港内にいる警備員の誰もが自動小銃などを持っていない、ということだったりする。たしかに隣の韓国や中国なども自動小銃を抱えた二人組の軍人警備員がたえず巡回しているし、そういう警戒態勢をとっている国は途上国などでよく見る。

もうひとつ国によって大きな差があり、用心しなければいけないのは、個人的なトラブルの対応である。もっともよくあるのがロストバゲージ。その飛行機の客がもう殆《ほとん》ど自分の荷物を持っていなくなってしまい、何も乗っていない回転ベルトが静かに回っているだけのを見ている、という状態は寂しい。担当者の人柄にもよるのだろうが、航空会社の対応姿勢もこういうとき大きく違ってくる。

一度だけぼくの荷物がまったく行方不明になってしまったことがあり、到着して三日ぐらい生活にこまった。着たきりスズメというやつだ。もうその航空会社には乗らないようにしている。

セキュリティー関係でも国によって大きく違う。ずっと以前、中国の開港したばかりの地方空港で、逆U字形になった金属探知機を乗客が通過するとき、機内持ち込みの荷物をその横のテーブルに置いて、人間だけ通過する。何も問題ないといまテーブルに置いた機内持ち込み荷物を持って飛行機に乗れる。

つまり機内持ち込み荷物だけは完全にノーチェックなのだ。あの中にピストルやダイナマイトを入れておいても誰もチェックする仕組みになっていない。なんだこりゃ？と思ったものだが逆に怖かった。

南米の旅でサンティアゴで四時間のトランスファーがあった。そのあいだしこたまビールでも飲んでいようということになった。海賊船を模したレストランがあって、そこで飲んでいたがテーブルのすぐ横にプラスチック製の大きな海賊ナイフがあった。その隣に直径二〇センチぐらいの模擬砲弾があって手にとれるようになっている。光沢も本物そっくりだ。これに導火線に見えるような紐《ひも》をつけたら「バクダン」そのものだ。大きな袋があればそれらが入る。

機内に入って「ハイジャッカーだ！」と言ってそれらをかざせば機内は大パニックになるだろうなあ。

「簡単にできるなあ」とみんなでなんとなくコウフンしたが、ハイジャックしてまで行きたい国はいまのところない。おとなしく次の飛行機で日本に帰るほうがよかった。

ところでこれは国内のつい最近の話。

高知空港から東京に帰るとき搭乗ロビーに入る荷物検査のところでチェックされた。ぼくのキーホルダーがいけないというのだ。

五センチぐらいのトイグッズの安全ピンである。いろんな鍵を出し入れするのに便利なので二十年ぐらい使っていて、世界中へ持っていっている。それがダメだというのだった。外国の可愛《かわい》いぼうやに貰《もら》った思いいれ深いモノでもう絶対手に入らないから没収は困る。なんとか機内預け入れにしてもらったが、羽田でそれが出てくるのを待つ時間ロスがでる。

係の人は規則通り一所懸命にやっているのだろうがでもこれどうみても「安全ピン」なんですぜ。くりかえすが「安全ピン！」。

以前、子供が持っていたツメキリがやはりチェックされ機内預かりになった、という話を読んだ。ツメキリの何がどう危険というのだろうか。

「ハイジャックだ。言うことを聞かないとツメを切るぞ。しかも深爪だぞ!」

けっこう怖いかもしれない。

春のあらしの中で

若い頃から十五年前まで武蔵野《むさしの》に住んでいた。木がたくさん生えた敷地に木造三階建て、好きな家だったが、両親が他界し、二人の子供も外国に留学してしまい、夫婦二人では広くて使いにくいのでその家を子だくさんの弟の家に貸し、我々は都会に越してきた。

その弟も幾星霜ありまして子らも成長し、それぞれ所帯を持って家を離れ、カミさんの両親の介護問題もおきて長野に引きこもることになった。

いよいよその家を処分しなければならない。惜しいのはベランダをひとまわりして豊富に実るキウイフルーツと、庭の真ん中の大きな桜の木。大きく広がった枝がいい花を咲かせ、むかし住んでいた頃は三階にあるぼくの部屋の机の上に花びらが風に乗ってトンできたのだった。

いよいよその家が終わる四月のある日曜日、兄弟を中心にした一族が集結し、サヨナラお花見大会を開いた。外国で暮らしている子供らは来られなかったが、ぼくと弟の子供たちと若夫婦、孫たちの集まりとなり、なんと一番の長老はぼくなのだった。

そうか、我もついにそんな歳《とし》になっていたのだ。いままで兄弟の集まりというとたいていぼくより上の長老がいたものだが、時代は粛々といや応なく進んでいたのだ。

小さな子まで入れると三十人ぐらい集まっていただろうか。その家に入るのは十三年ぶりぐらいだったが、むかしの家具や調度品などはけっこう重厚なものが使われている。床板や壁板もムク材が使われているので年代を経た光沢がなかなかいい。

その家でぼくは二人の子供と二匹の犬、一匹の猫を育てたのだ。

あいにくその日は雨や風が強く、荒れ模様の最後の花見だった。

いろんな思いが交錯した。小さかった甥《おい》や姪《めい》たちがいっぱしの大人になっている。ぼくは二人の孫を連れて三階までの探検隊を組織し、もう物置になっているむかしの工作室（木工に凝っていたぼくは雨の日もできるようそんな部屋を作っていた）や、初期の頃のプロジェクターでレーザーディスク映画を見る屋根裏映画館などを案内したが、孫たちはあまりよくわからなかったようだった。

いつもよりたくさん飲んでしまった。三十年ちゃんと生きてきたんだなあ、おれ。という感慨があったのだな。

夕暮れ前にタクシーで都心に帰った。その土地は売ってしまうので最後に「別れの一本桜」を酔眼ながらよく見ておいた。

毎日飲んでいるのだけれど、その日はイキオイと心の揺れもあってか普段より相当多くの酒を飲んでしまったようで、暗がりの中で目をさましたとき、どこにいるのか一瞬わからなかった。しかし真っ暗な中ながら感触で自分のベッドにちゃんと寝ているのがわかった。

起きて水を飲み、再び寝入ろうとしたが、時計は午前二時だ。逆計算すると八時に寝てしまったからもう六時間は寝ているではないか。

起きて仕事をしなければ間に合わない原稿がいくつかあるのを思いだし、シャワーのあとにビールにするかコーヒーにするか迷った。気がつくと外はもの凄《すご》い風がビュービュー吹いている。春のあらしになっているようだ。

その音を聞いているうちになんとまたもや布団の中にもぐり込んでしまった。布団の中のほうが暖かい。

あと一カ月するとぼくはアイスランドに行かねばならない。目的は取材仕事だから島をひとまわりすることになる。ちょっと長い旅になりそうだ。家の外を荒れ狂う春のあらしの音を聞いていると、

「果たして、おれ大丈夫だろうか」

という不安が神経のどこかをかけめぐる。

心配なのは、このところの非常に不規則な「眠り」のサイクルなのだ。もう長いこと苦しめられている不眠症がここにきて威力を増している。春だからなあ。

毎日のように移動していく探検隊のような旅は、もうぼくにはできないような弱気が出てきている。むかしは好奇心のほうが体力より強く、それで未踏の地などに行くのにかえって活気づいた。

ベッドに横たわって風の音を聞きながら漫然としているのではあまりにも時間が虚《むな》しいから、本をひっぱり出す。軽い週刊誌などにはこのところ手が出ない。どうだっていいことが大きな見出しで出ているのを読んでも何か明日が明るくなるわけじゃない。週刊誌に毎週このような駄文を書いている者としてはこんな話何だというのだ、と思うが、本当にそうでしょう。

このところ久しぶりに新聞のニュースで隅から隅まで読んだのは袴田《はかまだ》事件再審決定の一件だった。証拠捏造《ねつぞう》疑惑で、またもや冤罪《えんざい》の可能性が濃厚になっている。このところDNA鑑定の精度が増して、こういう展開が頻発している。ああいう記事を見ると、ぼくはいつも思うのだが「証拠捏造」などはすでにとんでもない犯罪ではないか。そういうことを手掛けた当時の捜査機関、そういうことがはっきりした段階で、今度は逆にそれら計画的だった犯罪行為に加担した国家側の「犯罪者と組織」なりが罰せられなければ庶民的うっぷんは晴れない。

アメリカのリーガルサスペンス映画など見ているとそういう制度のもとに権力側の犯罪が追及され、立場が逆になっていって、見ている者の溜飲《りゅういん》が大いに下がる、という展開がよくある。

数日前に親友の弁護士に幼稚な質問だろうなとは思いながらも素朴な疑問としてそのことを聞いた。

彼は言下に「それらを追及しようとしてもそれはもう全部時効なんだよ」という虚しい返事をかえしてきた。もう少し庶民のもやもやを晴らしてくれるような法律的展開を聞かせてほしかったのだが、とにかく「そういうことなのだ」った。

弁護士の話を聞いて考えたのは、この事件の再審がなかなか決定しなかったのは、早くそれに着手すると、当時の捜査機関の組織的犯罪が時効の衝立《ついたて》なく、露呈してしまう危険があったから、権力側がずるずると時効成立まで引き延ばしていたのではないか、とシロウト考えながらそういう疑いだって持ってしまう。一九四八年の免田《めんだ》事件から死刑および無期判決が再審によって無罪になったのは七件にわたる。こうなるとまだ明るみに出ないが、こういう冤罪の要素を持った事件がまだゴロゴロしているような気がする。

これで非人道的な死刑を廃止する意見が主流となる国家に成長してくれないだろうか。
強い風の中、ますます眠れなくなりながらそんなことを考えていた。

フンドシ親父と赤黒マグロ

このあいだある田舎観光地の有名観光ホテルといいますか、正確には「高級なフリをした観光旅館」に泊まった。こちらは四人連れだったが、入り口からホールに入ったとたん「あれっ、こんなのまだやっているのか！」と驚いたのは着物姿の旅館の仲居さんが左右に二十人ぐらい「ハ」の字型になって並び、一斉に「いらっしゃいませー」と大きな声で叫んでいた。あれは実はちっとも歓迎になっていないんだよね。心がこもっていないこと丸だしだし、入っていくほうとしてはなんとも落ちつかない。むしろほうっておいてもらいたい。おれたちは四人のおとっつぁんだからまだいいが、ひそかに侵入したいフリンのお二人さまなんかだとどうなのだろうか。目立ちまくり。

おれたちだって四人並んで「いらっしゃいましたー」というクソ冗談にクソ冗談で対応をする元気はない。こんなのより早く温泉に入らしてほしい。そしてあとは湯上がりのビール！　ということしか頭にないものな。

しかしこういうところはすぐには客室に案内してくれない。同じホールのどこかに御《み》簾《す》のようなもので仕切った一画があり、そこに案内される。入館手続きをそこでやるのかと思ったとたんに気がついた。おれたちはこんなトコへきちゃいけないんだ、と察知したときはすでに遅かった。

「抹茶」というものがしずしずと運ばれてくる。おれたち別にそういうもの求めてここに来たんじゃないのよね。とくに「抹茶」大好きというわけでもないし、あとで待っている湯上がりのビールのためにはいまこの段階で少しでも喉に水分入れたくないんよね。

おれたちがその日は一番早くやってきたらしく、それから少しして慌てたように天井のあたりから「琴の音」が聞こえてきた。その「琴の音BGM」は全館的なものでその日の夜遅くまで続いていた。あれはパチンコ屋の「軍艦マーチ」みたいなもので、こういうインチキ高級旅館には欠かせない。

それからようやく部屋に案内してくれたが、ぼくの部屋の洗面所はどうもクレゾール系の消毒薬の臭いが強くする。病院の便所みたいなのだ。でもちゃんとすみずみまで消毒していることの証《あかし》なのかもしれないし、すぐに鼻も慣れたからいい。香などたかれるよりはね。

いけないのは中途半端なホテルや旅館の便座の上に「消毒（もしくは殺菌）済」というふう細長いカミが横たわっているやつだ。錯覚で、いかにも綺麗《きれい》に磨きました、というふうに理解してしまうが、あれは便器の中とそのまわりにアルコールの飛沫《ひまつ》噴射をしただけ、という程度のことが多い。

あるリタイアしたホテル関係者に聞いた話だが、洗面所にあるグラス類もいちいちよく洗って乾燥させたものと交換するわけではなく、その部屋にあるグラス類も部屋にある、前の客が使っていたものをその部屋でさっと洗い、部屋のタオルで拭いておしまい、ということが多いらしい。考えてみれば「移動」がないぶん破損のリスクが少ないからなあ。

旅が多い人生なので、いつの頃からか気がついたのだが、高級旅館、高級ホテルといえどもひとつの部屋に入った布団はその布団が生涯をとじるまでその部屋に置かれているのではないだろうか。布団の清掃といったら布団を叩《たた》いてのホコリとり。薬品によるカバーなどの消毒ぐらいか。でもそんなことすらやっていないところのほうが多いようだ。

ホテルなどでは高層階の部屋になると危険防止のため窓は一寸たりとも開かないハメゴロシになっているケースが多い。そうなると布団を叩いたホコリは窓からの逃げ場もなく、積年のホコリが部屋中にただもう舞って漂っているだけのようだ。部屋が暗いことが多いから浮遊ホコリは見えないけれど。

それと一方的サービスのカン違いというのも困る。

その宿では夜七時半になると「太鼓ショー」というのが大広間で始まり、フンドシ姿のオヤジが八人ほど出てきてドンドコドンドコやりだした。その宿は各部屋に料理を運ぶなんて面倒なことはしないで、その夜の客はみんな大広間で食わせる、という横着方式だ。それならそれでいいが、サケを飲みながら親父《おやじ》のフンドシ大暴れを見つつ、山の中の赤黒く変色したマグロの刺し身を食うことほど悲しいことはない。

そのむかし南紀白浜《なんきしらはま》のやはりカン違いホテルに原稿書きのカンヅメで長期に滞在したことがある。

月契約をしているらしいフィリピン人のバンブーダンスショーを毎晩シアターレストランで見せられた。季節はずれだったので客は毎晩五、六人。ダンサーは十五人。舞台と客席の力関係は圧倒的に多勢に無勢で、ショーを見ないでニゲルわけにはいかないようになっている。

あの日々は夜になるのが辛《つら》かった。外に食いにいくとするとタクシーで二十分もかかる。海《うみ》べりにポツンと建つホテルに泊まってしまったおのれがバカなだけであった。

またあるとき、まだぼくがモノカキにはなっていない頃で、考えてみるとあれはわが家の貴重な最後の家族旅行なのだった。もう三十五年前のことだが能登《のと》半島にある大きな有名旅館だった。

部屋で食事ができる、家族旅行としてはありがたいサービスで楽しくアワビ料理なんか食っていたが、その真っ最中に、襖の向こうから突然声がかかった。すぐに映画みたいに左右の襖が同時に開けられ、きれいに着かざってまるで歌舞伎みたいな恰好《かっこう》した女将《おかみ》が流麗な挨拶などしてくれるので、これは大変だとぼくはおおいに焦り、家族のみんなに座布団から体を外してちゃんとこっちも手をついて挨拶しなさい、などと言ってしまった。

丁寧な旅館だね、とあとで家族と話をしたが、折角もりあがった家族の団欒《だんらん》がそれで完全にトーンダウンされてしまったのも確かだった。あとであれは女将の趣味らしい、と聞いた。ようするにすべての部屋へのおしかけファッションショー。太鼓ドンドコ親父と同じようなものだったらしい。

さておれたち四人オヤジのその後だ。念願どおり温泉に入って太鼓ドンドコを見て、麻雀《マージャン》をやって勝ったり負けたりし、疲れたので寝る前にもう一度温泉に入ろう、ということになった。こういう温泉旅館特有のカミみたいに薄っぺらなビニール袋入りのタオルが悲しい。しかも交換なし。ああいうチープなところですでに高級旅館は名乗れない。じゃせめて温泉に入って寝ようということになった。ところが温泉は十一時でおしまいという。温泉旅館がですよ！　銭湯だってもっと長くやってるぞ。

煙草雑談

むかしぼくはヘヴィスモーカーだった。とくに二十代のサラリーマンの頃、一日に四十本ほども吸っていた。

小さな雑誌の編集長をしていたので、勤務時間というのがあまり関係ない。締め切りまぢかになると毎日遅くまでの仕事になる。夜更けに眠くならないために吸う本数は増えるばかり。

座談会などやるとたいてい司会をつとめなければならず、間をもたすための道具として煙草《タバコ》は便利だった。座談会の話に活気のある展開がなく、これからどうやって切り開いていったらいいか、というようなときにタバコの一本がたいへん有力だった。

その頃は、世の中全体がタバコに寛大で、吸っている人も多かった。ぼくの勤めていた会社は銀座にあったが、古い建物で換気がわるく男ばかり三十人ぐらいの社員はその八割ほどがタバコを吸っていた。だから夕方になると冬など閉め切ったオフィスの中に「タバコ雲」としか言いようのないみんなが吐き出すタバコの煙が中空に漂う人工雲となってオフィスに漂っていた。

誰も窓を開けて換気しよう、などと思わなかったのだから思えば「すんごい時代」だった。

飛行機や新幹線の中にも禁煙席があったが、ひとつのキャビン、ひとつの列車の中で前方と後方に分ける程度なのだからその境の席はまるで意味がなかった。そして空中における空気の流れを止める装置は何もないから結局は同じことだった。あのヘンテコな時代に同じような疑問をもった人がたくさんいた筈《はず》だと思うがけっこう長く続いた。温泉の大浴場の右を女性用、左を男性用に分けて「互いに見ないこと」などと言っているみたいで呑気《のんき》といえば呑気な時代だった。

三十代の半ばにタバコをやめたが、さして大きな理由はなかった。朝起きて歯を磨くときなどに「グエッ」とカラの吐き気がでるのがとても嫌でそれを抑えるために一週間ほどやめたらその嫌な現象は消えて、さらに一カ月、半年とやめているうちに気がついたらまったくやめていたのだった。

けれどあのときやめてよかったと思うのはあのままへヴィスモーカーを続けていたら決して今の健康はなかっただろうと確信できるからだ。心肺系の影響は絶対ある。それから「飲み物、食い物」の味が絶対違っていた。これは今となるとその差を自分では実証できないが、ずっとタバコをやっていると食い物の本当の味がわからなくなってくるような気がたしかにしていた。

飲食中のタバコがとくに大きく関係してくるような気がする。だから飲食中はタバコをいっさいのまず、食後の一服だけというのは、そういう意味で正解なんだろうと思う。

食後のイップクは煙草吸いにとっては本当にうまいものだから今でも、食後の一服だけはしたいなあ、と思うときがあるけれど、一本のんでしまうと絶対そんな真面目な規律は守れず、それ一服でたちまち元のスモーカーに戻っていってしまいそうな気がする。そういう意味では煙草は怖い奴《やつ》だ。

今は煙草の煙そのものには寛大だが、長いこと煙草を吸っていたのがすぐわかる個室に入るのはつらい。ホテルとかタクシーの中などだ。ホテルは大きな都市ホテルだとそのへんははっきり区分けしているのでありがたいが、地方のB、C級ホテルなどになると部屋のカーテン、ベッドカバー、その他壁紙、洗面所、あらゆるところが積年の沢山の煙草吸いの煙の残滓《ざんし》がこびりついていて、窓を開けて空気を入れ換える、ぐらいのことではどうにもならない。

タクシーもシートやその他まわり中にそういう残滓がこびりついていても御丁寧に「禁煙」などというシールが貼ってある。あんたは待機中に吸っているじゃねーの、と運転手に言いたいが、まあしばしの我慢だからなあ。

モノカキという仕事でも時々写真を撮られる。それもスタジオなどの大袈裟《おおげさ》な装置の中だったりすると、カメラの前でどうしていいかわからなくなる。カメラマンは必ず「笑って下さい」などと言うが何もおかしくないのにどうして一人で笑っていられる。そういうときぼくは「じゃ、笑わせて下さい」などといじわるなことを言う。

煙草を持って、ときどき吸ったりすると間がもてるなあ、とこんなとき煙草の効用に気がつく。そういえば「たばこは動くアクセサリーです」などというCMがあったが今思えばあれは秀逸だった。

ぼくの友人に近頃増えた空港や駅などの「喫煙専門者」の煙草吸い場所とでもいうのですか、透明プラスチックで囲まれたところで煙草吸いだけが集まって黙ってプカプカやっている光景に耐えられずやめてしまったのがいる。うまくやめられたようだ。大勢で閉じこめられてプカプカやっているとけっして動くアクセサリーには見えず、じっさいはまるで同罪収容所みたいな密閉ブースに集められて強制的に煙草を吸わされている気の毒な人々のようにも見える。

あれで中にいる人が他人同士でも「お互い辛い時代になりましたなあ」とか「まあこれも趣味の縁ですか」などと言って仲良くなったりするコトなどがあればそこそこいい

風景にもなるのだろうけれど、今のあれはいくら混んでいても互いに全員無視、という不自然さがきわだっていて、一種の差別的見せ物ガラス室のようにも思える。

とはいえ逆に考えたらどうなるか。世の中、煙草吸いばかりの人々になり、煙草を吸わない人は追われゆく少数。行政が大勢人の集まるところにああいうものをつくり、そこに入るときれいな空気が吸える。赤ちゃんや小さな子を連れた人たちの逃げ場になっている。——という風景になると戦時中の防空壕《ぼうくうごう》などという悲惨なものを思いおこす。

煙草吸いが唯一、安心して煙草を吸えるのは、分煙の措置をしていない居酒屋などだが、ぼくが三日に一度は行く新宿の居酒屋はまだ自由に吸える。

それがいいというのか最近、この居酒屋に急に煙草吸いが増えたような気がする。隣の席に三、四人の煙草吸いが来ると、その影響はモロだから、最近少し困っている。こっちも酒を飲んでいると鈍感になって気にならなくなるが、家に帰ると煙草の煙の残滓をそっくり連れて帰ってしまっているのだ。お店側としては営業上、なかなか難しいのだろうが、せめて分煙措置でもしてくれればありがたい。店主とは三十年来の付き合いだから一度頼んでみようかと思うのだが、これが頑固な奴ですんなり聞いてくれるかどうか。駄目なら残念ながら三十年ぶりに別の酒場を探すことになるのだろうか。

なぜ八パーセントを砲撃しない

北極圏によほど縁があるらしく、まもなくヨーロッパの極北風に吹かれてくる。これまで断続的ながらアラスカ、カナダ、ロシアの北極圏に行ってきたから、これで地球のてっぺんをひととおり眺めてくる事になる。

そのための圧縮された各紙誌の原稿締め切りをある程度こなし、そろそろ寒い国への出発の準備をしなければならないから、今年初めての買い物に出掛けた。全部自分が手にとり納得して買わねばならないものばかりなので週末の午後、覚悟してヨドバシカメラに行ったわけだ。買い物って本当に疲れるなあ。なんでだろう。

カメラの主要操作部分をダイヤル式にしたので、これまで行き過ぎたワンタッチ式とか細かくて精密機械みたいになってきたデジタルハイテク操作に嫌気がさしていた昔のカメラ好きが戻ってきた、というニコンＤｆはガンコで単純なメカニカルカメラだ。今度の旅にはこれを持っていくことにした。

長旅用の一八ミリ広角から三〇〇ミリ望遠まで一本ですむ経済的なレンズを実際に自分のカメラを持っていって装着し、自分の目で確かめたかった。

そこでいつも騒々しい新宿のヨドバシカメラへ。応対してくれた店員が中国人だった。この人は習ったことの基本的なことしかわからないらしくぼくの簡単な質問に対してみんな模範回答だ。それでは困る。ヘルプ役が現れたがその人も中国人でやはりトンチンカンな答えだった。あとで家に帰って妻にそのことを話したら、色黒で大柄のぼくはアジアを旅するとき日本人と見られないことがよくある。そういういつもの伝で彼らには南方諸国から来たカメラ初心者と判断されたのではないか、というのだ。中国によく行く妻の分析が正しいのだろう。でもオレ、写真専門誌『アサヒカメラ』にもう二十五年も連載してるんだけどなあ。

今度行く国は初めてだったし、一冊の紀行本を書かねばならないので高価ながら単焦点八五ミリレンズ（十九万円）もついでにエイヤッと買ってしまおうと思って行ったのだが、ミラーレス対応の話を聞いていたらなんとなく信用できなくなってやめちゃった。ヨドバシカメラあたりは外国の団体客が大勢やってくるからあの程度の対応でいいのだろうが、やっぱりあれではカメラのスーパーマーケットだな、と思った。

精算のときのポイントカード云々《うんぬん》というのもなんだか子供銀行ごっこみたいでいやだからいりません、と答えた。ぼくは飛行機のマイレージさえやってない。世の中全体がどんどんあのポイントカード状態になっているのがわずらわしくてならない。そんなチマチマしたサービスより、消費税八パーセントに抵抗し、さらにポイント云々よりもそのぶん売値を下げたらいいじゃないか、といつも思ってしまう。

その足で最近開店したモンベルの新宿店へ行った。カメラバッグはヨドバシよりアウトドア専門のモンベルのほうに本当に使い勝手のいいのがあった。多重で薄い上下のウインドブレーカー、帽子と軽いサングラスも買う。北極圏はこれから白夜の季節なのだ。よく知っている店で店員もテキパキしていたが、ここでもカスタマーズカードの提出を求められた。ああそうか、モンベルの会報誌に「辺境の風にむかって」なんてカッコいいタイトルの連載を始めたとき、そういうなにかありがたいカードを更新して送ってもらった記憶がある。サイフの中を見たがよくわからない。店の娘は「お持ちでなかったらあとでレシートとそのカードを持ってきていただければポイントサービスします」とかなんとか言っていた。しかし、それはないだろう、と思った。この忙しい毎日、そのためだけにカードを持ってまた店に来なさい、するとポイントがつくと言っているのだ。だからぼくはこの手のナントカポイントというのが嫌いなのだ。本来のサービスになっていない。クレジットカードで全部決済！　それでいいじゃないか。

買った商品は四万円ぐらいだったが、全部、その日そこで購入したカメラバッグに入ってしまうくらいの大きさなのでそうしてもらった。カサばらないから持っていくのに楽だ。すると当店の買い物袋を使わなかったのでまたカードにポイントサービスがつきます、というようなことを言われた、紙の資源枯渇問題のためにぼくはよい行いをしたらしい。だからまた何ポイントか獲得資格。ありがたいことだが、このようになんでもカードだ、ポイントアップだ、という世の中っていったい便利なのか余計な手間をとらせるわずらわしい流行《はや》りなのか、じつはよくわからない。

ぼくはずいぶん沢山の本を書いてきたが、初めて書いた本はいまから三十五年前『クレジットとキャッシュレス社会』（教育社）という新書だった。当時のアメリカの流通マーケットは急速にカードシステムが台頭し、キャッシュ流通を凌駕《りょうが》するイキオイとなっていた。

その頃、日本は日本信販とかクレジットの丸井のカードぐらいしか流通していなかったから、日本はそうはならないだろう、などと思っていた。著者があまり信じていないのに、まあ本の性質上、日本もやがてそうなるかもしれない、なんて無責任に書いているんだから我ながらひどい話だ。

でも考えてみると現実もいまや完全にキャッシュレスカードの社会だ。世界各国もそうなっている。システムさえできてしまえば確かに手続きは簡単だし合理的だ。でも、その日、帰りがけにコンビニで夕刊タブロイド紙を買ったら「ポイントカードお持ちですか」とまたもや聞かれた。百四十円の新聞の購入ポイントサービスって……。

もうこうなったら牛丼食うんだって自動販売機で水を買うんだってポイントがつかないとおかしな話になる。やがてハイブリッドポイントシール発行機なんていうのができてそれによる無意味なコストアップが起きたりしてなあ。そうなると電車に乗るんだって距離別にポイントをつけていただきたい。新幹線はどうなんだ。ぼくはこのポイント制があちこちに登場したときむかしの「グリコのおまけ」を連想した。

あれはオマケが隠されているぶん、子供心に楽しかった。ポイントもオマケという範《はん》疇《ちゆう》に入るのだろうけれど、今のそれは「損得心理」を利用した「販売促進」などというせこいチマチマ感情へみんなして突っ走っているような気がしてならない。

販売促進の真の敵、八パーセントの莫大《ばくだい》な消費税値上げに言いなりになって百三十円のお買い物にフウセンがつきますよ、と言っているみたいだ。フウセン十個ためたらアイスクリーム券スタンプもらえますよ。

2 フィヨルドの北極海を行く

単細胞の研究

ＳＴＡＰ細胞がいったい何であるのかぼくはいまだにどんな記事を読んでも理解できていない。なんかよくわからないけどたぶん凄《すご》い世界の出来事なんだな、ということぐらいしかわからない。わからないからこの出来事をまるで理解できていない。

でも、よく聞く「単細胞」なら何か少しわかるかな、と思って細胞関連本を何冊か読んでみた。ぼくもそうだが、ぼくのまわりにいる沢山の友人たちの中に絶対に「単細胞」だな、と確信できるのが何人もいる。

むかし買い、ときどきパラパラ見ていた『図説・生物界ガイド　五つの王国』（リン・マルグリス、カーリーン・Ｖ・シュヴァルツ著、川島誠一郎、根平邦人訳／日経サイエンス社）という大きくて緻密で難しく高い本（一九八七年発行で七千円くらいした）を久しぶりに引っ張りだしてじっくり「細胞」についての解説を読んでみた。

この本を何で買ったかというと、その「五つの王国」という分類がじつに魅力的だったからだ。

もうない分類らしいが地球は（1）モネラ界、（2）原生生物界、（3）菌界、（4）動物界、（5）植物界の、つまりは五つの王国でできている。

これらの生物の数を合計する数字はいつの時点でも正確ではない。地球四十五億年の歴史の中でそれらの王国をかたちづくっている構成員（ヤクザみたいだが）が文明の発達によって観察発見する手段がどんどん変わっていき（電子顕微鏡の登場など）絶えず増えているからだ。

「モネラ界」は地球生物界では最大勢力を誇っている。まず歴史がちがう。化石から判明されているのだが、たとえばモネラ界のバクテリアは地球の最初の単細胞生命であり、三十四億年の歴史がある（四十億年前あたりに原核生物として誕生した、と解説している本もある）。

これに対して動物は最も古くて七億年前。最も古い菌類と陸上植物は四億七千万年前だ。バクテリアから見たらこいつらはつい最近出てきたつまり「ポッと出のガキ」みたいなものなのだろう。

まず数が凄い。世界のどの大地でもスプーン一杯の土の中には一〇の一〇乗個のバクテリアがいる。あらゆるところに存在し、我々の口の中の歯茎を薄く削ると一平方センチあたり一〇の九乗のバクテリアがすんでいるらしい。したがってたった一人の口の中のバクテリアの数は地球にすむ人間の数よりも多いそうだ。だからキスなんかすると地球にすむ人間の倍ぐらいの数のバクテリアがわあわあいってまざりあい、もう大変なことになってしまうのだ。みなさん注意しよう。バクテリアは皮膚にもいっぱいいる。顔の表面はバクテリアだらけだ。

日本人は異常なる清潔民族だからキモチワルイってんでこれらのバクテリアを何らかの方法で全部駆除したとすると、顔の表面は体内から出てくる脂などによって常にドロドロテラテラの状態になり、つまりは「脂で崩れた顔」になってしまう。皮膚の表面にすみついているバクテリアが常にわき出る脂やそれにくっつくいろんな滓《かす》を食って絶えずきれいにしているのだから、単細胞生物といってもバカにしてはいけない。美容にバクテリアは欠かせないのだ。

でも単細胞生物には深刻な病気をひきおこす細菌も多く含まれているし発酵細菌など、これなくして酒はできなかった、という大切な連中までいる。つまり「いい単細胞」と「悪い単細胞」がいろいろまじっている。

『五つの王国』には代表的な単細胞生物の電子顕微鏡写真や解説図などが豊富に出ている。英語で細胞は「ＣＥＬＬ」というが、これはギリシャ語で「小さな部屋」を意味しているようだ。典型的な原核細胞の姿を見るとその「小さな部屋」は丸や四角形でその中に核が一個すんでいる。

おたまじゃくしを連想させるくねくね動く尾がついていて、実際にこれで移動しているようだ。尾のない単細胞生物はその細胞膜の中の流動的内容物を進みたい方向にじわじわと移動させ、それを繰り返すことによって進んでいく。単細胞なわりにはけっこうヤルのだ。

マメをいくつもつないだような形のもいるし、ナマコに尾をつけたような形態のもいるし、スピロヘータはヘビそっくりだ。

全体にキモチワルイが、幸いなことに我々はかれらのナマのお姿を肉眼で見ることはできない。

こういう本をいくつか読んでいて思ったのは、単細胞生物の映画化である。むかし『ミクロの決死圏』というSF映画があった。人間をある特殊科学によってミクロン単位のものに縮小し、人体の中に入っていって体内の病巣部分をじかに治療する、という話で、このとき一番おそろしかったのは、人間の体内にいる防衛役の細胞が治療探検隊を襲ってくるシーンであった。実際に人間の体内に異物が侵入すると自動的にそれらを攻撃、人体を守るシステムがあるのだ。こういう防衛細胞の判断は正しいのだが、人体に侵入した治療探検隊である映画の主人公らはあやうし、ということになる。あの伝で、単細胞生物レベルにまで人間を小さくして様々なキモチワルイ単細胞生物とたたかう、という話は、いまのCG映画だったら可能だろう。ゾウリムシなんかあんがい人間の味方についてくれたりして。

ところであまりちゃんと理解されていないのがウイルスというやつだ。これは単細胞どころか、細胞の体をなしていない。

普段は、たとえば乾燥した岩の中なんかに何百年も「死んだふり」というより、より存在していない状態になっている。しかしこれが何かの自然変化や状況変化などによっていったん活動の刺激を与えられると、それぞれのウイルスにふさわしい生物の細胞にもぐり込んでとんでもない病気をひきおこす。

ウイルスがラテン語で「毒液」あるいは「粘液」を意味するＶＩＲＵＳと呼ばれているゆえんだ。

ところで人間の精子と卵子も核をもった単細胞である。たしかに精子のあのおたまじゃくし型の尾を動かして突進していく様は勇壮かつ悲哀にも満ちていて、とくにオトコから見るとあの夥《おびただ》しい精子軍団の中から一匹（といっていいのかどうか）だけが勝ち抜いて、あとは〝無念なり〟の死屍累々《ししるいるい》ではあまりにもむなしく気の毒だ。

ヒトの一般的な細胞は一キログラムあたり約一兆個らしい。体重六〇キロの男性だと約六十兆個の細胞である。よく間違われるのは、太るのは細胞が増えるのではなく、そのひとつひとつの細胞が大きくなっていき、結果的に全体が「ふくらむ」ということらしい。そう考えると人間なんて全体が「単細胞」という気がしてくる。

フィヨルドの北極海を行く

アイスランドに来ている。今日で十日間ほどだがじっくり取材しているので全体の四分の一ぐらいのエリアを北上したぐらいだろうか。北海道と四国を足したぐらいの大きさの国だがすでに北極圏に入っているので山には雪が。巨大な氷河地帯もあるのであまりヒトもおらず、晴れても風はつめたい。でもまあアイスランドという名前なんだからしょうがないのだ。

これまでアラスカ、カナダ、ロシアの北極圏を見てきたのでヨーロッパの北極圏に到達し、とりあえず地球のてっぺんをぐるっと眺めたことになるが、ここは不思議なことに南米大陸最南端のパタゴニアの風景とよく似ている。地球の北と南のはずれがよく似ているというのは当然なのかもしれないけれど、風景がなつかしいのは気持ちがいいものだ。

夏に向かってどんどん日照時間が長くなっていて、夜の薄闇がやってくるのは十一時ぐらい。午前四時ぐらいにはもうあたりが明るくなっているのでうっかりすると睡眠不足になる。さらに日が進んで完全な夏になると白夜になる。カナダの北極圏に行ったときがそうで、氷の消えたツンドラ地帯に行くと一日中モーレツな蚊だらけ生活となり、キャンプで食べる食物の上にどんどん蚊がとび込んできてそれをいちいち取り除いている余裕もなく蚊だらけのパンがゆなどを食っていた。カレーのときはカ・カレーだ。

このあたりはまだ蚊も発生していないからあの日々を思うとありがたく、食い物はサーモン系がとにかくうまい。スモークサーモンなど厚みが一センチ以上はあり、一皿たのむとそれだけでおなかがいっぱいになってしまうくらいだ。日本で食うスモークサーモンは塩からいし薄いし、あれはインチキだったなとわかってしまった。

羊の肉もどこで食べても心からうまく、サーモンおよび羊肉好きとしては毎食がうれしいのだ。今はレイキャビクという首都からおそらく八〇〇キロぐらい北上し、フィヨルド地帯に入っている。フィヨルドというのはでっかい手のような形を考えるとわかりやすい。広げた手の指にそって移動している。橋とかフェリーといったものがないので、たとえば海峡の向こうに見えている村に行くのにもつまりは指のつけ根のところまでいったん入っていってぐるりと方向をひっくりかえし次の指に行くようなことを繰り返しているのでえらく時間がかかる。でも冬は道が凍結してクルマはもう走れないらしい。

今はそういうフィヨルドのなかの人口三百五十人ぐらいという寒村でこれを書いている。ＦＡＸなど村には一台もないから久しぶりに原稿用紙に手書きしているこの文章を、日本までどうやって送るか送れるかまだはっきりした手段がわからないままとにかく書いている。

二日前は地元の漁師さんにたのんで北極海にいる唯一のめずらしい巨大サメ漁に行った。二時間かけてフィヨルドよりさらに北へ行くので小さな漁船ではえらく寒いし、海に落ちたらまあ確実に死ぬだろうから船首の下の小さな物置みたいなキャビンにもぐり込んで眠って行った。大きな波がくるとドスンドスンと小船全体が揺れるし、崩れ波を降りるときは寝ている頭の方から海に突っ込んでいくような気分だったがまあ身をまかせるしかない。

狙っているのはニシオンデンザメというやつで体長が四、五メートルあり、北極海のモンスターと言われている薄気味の悪い姿をしているらしい。

獲《と》りかたは日本でいう「ハエナワ」の仕掛けをでっかくしたようなもので、ちょっとしたクレーンのフックみたいな針に解体したアザラシを餌としてくりつけ、巨大なオモリをつけて垂直に海中に落とす。アザラシの大きな肉片をくりつけた針は十個あった。

期待に大きく胸おどらせたが、この日は一匹もかかっていなかった。一匹でも五〇〇キロはあるというから、船の上に乗せることはできず、船にくくりつけて引っぱって帰ると聞いた。ちょっとした『老人と海』だが、ここらにはこの巨大ザメを襲うでかい生き物はシャチかクジラぐらいだろうけれど、このサメの肉はぐにゃぐにゃしていてシャチたちにはあまりうまくないらしく、人間だけがこの肉を三カ月間発酵させ、さらに干して食う。

帰路、マッコウクジラとシャチのファミリーを見たが近寄ってはくれなかった。

日本からはるばる、しかもどったんばったん揺れる小船で北極海までやってきて不漁というのでは気の毒と思ったのか、村に帰ってくると漁師さんは数日前に捕獲してあるこのサメの小型のもの（といっても三〇〇キロはある）を見せてくれた。クレーンで空中に持ちあげ、でっかいナイフで切っていく。サメの吊《っ》るし切りというのをはじめて見た。さらに肉干し場へつれていってくれてちょうどうまい具合に発酵してきた肉片を食べさせてくれた。当然アンモニア臭はするが、魚とケモノの中間をいくチーズみたいな味で、ウオッカなんかあおりながらつまむとうまいだろうなあと思った。

翌日は同じ漁師さんにタラ漁につれていってもらった。これも「ハエナワ」のような仕掛けで獲るが、ルアーでもやれるというので挑戦したら三キロぐらいのタラが釣れた。タラの一本釣りをした人はあまりいないだろうなあ、とヨロコビにふるえた。

この国を旅して思ったのはアイスランド人というのはみんな「ひとがいい」というこ

とだった。生活は貧しいのだろうけれど、みんな小ざっぱりとしゃれて可愛《かわい》いオトギの国にあるような家に住んでいて、ひっそりと、しかしつましく生活している。騒音というものは一切なく、海鳥と風の音だけが聞こえる。これまで旅してきた北極圏各国と決定的にちがうのは、この国ではビールが豊富にあることで、これがぼくの毎日の推進力になっている。いちばんうまいのは「バイキング」という銘柄で、これは国中にあるようだ。

その昔、この国はバイキングが沢山襲ってきたようで、ここに来る途中「悪人岬」というところがあり、今は無人教会と沢山の十字架の墓地があった。人もまだ少し住んでいるようだった。

今日は久しぶりに休みの停滞日で、この原稿を書いているが、明日からはさらに北西に進む。フィヨルドもいよいよ高い断崖になっていき、垂直に四〇〇メートルというところもあるそうだ。日本にそんなのがあると断崖の縁《へり》から一〇メートルぐらい離れたところに頑丈な柵などつけてしまうのだろうが、アイスランドは大人の住むところ。そんなガードは一切なく、すべて自己責任というのも魅力なのだ。落ちないようにしなきゃ。

アイスランドじわじわ周回

昨年（二〇一三年）、水についての本を書いた。人口の爆発的増加と多方面にわたる急激な自然環境の悪化等によって世界の水資源の涸渇《こかつ》が続き、生活に不可欠な「水」の安定供給が国によって深刻な状況になってきた。明日、自分の飲む水が「あるかどうかわからない」というストレスに直面している人が世界で四十億人を超える、といわれている。

そうしたなかで日本は水不足に悩まずにいられる数少ない国のひとつだ。その「水」の本を書いたとき、自分で確認している国で日本と同じように水のストレスのないのはカナダ、ブラジル、インドネシア、ノルウェーと書いたが、アイスランドを忘れていた。小さな国だし、自分が実際に行っていないのでくわしくわからなかったのだ。

いまこうしてアイスランド中を回ってみてよくわかったことは、この国の水の潤沢ぶりは群を抜いている、ということだった。その実態を書き損じていたことは大変恥ずかしいことである。

火山国であり国全体が海底から巨大に隆起した山のてっぺん部分であり、国の北部のいたるところにある山や谷は一年のうちほとんど雪や氷河に覆われている。それらが涸《か》れない水源になって「できたての水」のようなものがものすごい激流となって数え切れないぐらい噴出し、それらは大小無数の滝になって流れ落ち、この島のイキオイと元気のよさをあらわにしてくれる。

時にそれらが地表近くのマグマに触れていたりすると大小さまざまな温泉になる。島の地表や山腹のあちこちから蒸気が噴出していて、その熱エネルギーを使って各地に大小の蒸気発電所があり、豊富な水をためたダムによる水力発電所がある。この国は蒸気と水力だけで国全部のエネルギーをまかなっているクリーンエネルギー国家なのだ。

水が豊富だから水道料金はタダ。地熱地帯の町や村にも温水が送られ、さまざまに使われる温水は風呂か暖房となり、これもタダである。びっくりしたのは学校も病院もタダ。大きな手術をして長期の入院をしてもタダ。外国でそうした治療や入院をすると後に国家がそれを返還してくれる。

もちろんこの背景には消費税が二五パーセントであったり、物価が感覚的に日本のそれの二、三倍はする、というそれなりの財源土壌のようなものがある。レイキャビクの都市部（人口十二万人）などは駐車場がタダのところが多い。すいている道路の片側には（広い道の場合は両側に）タダ駐車のクルマがずらりと並んでいて、日本のようにほんの二、三分道ばたにクルマを停《と》めていただけですぐに駐車禁止摘発係がたかってきて罰金を取っているのがいかに異様であるかよくわかる。

警官やパトカーの姿もめったに見ない。警官は拳銃を持っていない。そういえばこの国には軍隊がない。重要産業である漁業の外国とのトラブル回避のために小さな警戒用の船舶が数隻ある程度だ。

日本にいるときに見た資料で、この国は数年前に世界で一番幸せな国ランキングというもので堂々第一位になっていた。その理由もこうしてじっくりこの国の町から村へと旅しているとよくわかってくる。

人口四百人もいないような山の中の小さな村は、地面の中のいたるところで火山性の熱風が噴きあがっていて遠くから見ると大温泉歓楽街のように見える。そこで時おりやってくる観光客相手に村でたった一軒のレストランをやっているファミリーを訪ねた。ここで作っているパンは地熱を利用しているのでちょうどいい蒸気のあがってくる地中を蒸しカマドのようにしてまさしく天然蒸しパンを作っていた。このパン屋さんの熱料金は一年を通してゼロなのだ。

その家を訪ねたら奥さんと五人の子がワンサカ出てきた。みんな気持ちのいい人たちで小学校高学年と中学校初等（十年制といっていた）の息子は勉強と乗馬が好きだと言う。一番下のまだ入学前の女の子は動物学者になるのが夢なんだ、と言う。かれらの家の前はさまざまウエーブのついた自然の広場になっていて、子供たちはそこでマウンテンバイクを乗り回し、ボール蹴りをやり、走り回る。ヒトが大好きそうな犬も一緒になって走り回り、男の子が振り回していた木の枝を遠くに投げるとき、待ってましたとばかり全力疾走してその枝をくわえ、男の子のところに持ってくる。男の子はまたその枝を遠くに投げる。むかし日本のどこかにあって、いまは絶滅したような風景が躍動していた。

女の子は自分の家のブランコを大きく揺らしている。その向こうに雪と氷河をいただいた連山が見えて、まるで「アルプスの少女ハイジ」のようなのだった。

このあたりは冬にはマイナス一〇〜二〇度程度になるが木造の家はスチームによるセントラルヒーティングで、熱水代は月六千円ぐらいだと言っていた。

このほかにも別の海沿いの村の漁師さんの家を訪ね、獲りたての鮭《さけ》のフライをごちそうになった。ここらでは皮ごと食べるが、これが叫びたいほどうまかったがはじめて訪ねたアイスランド人の前で叫んではいけないだろうからそこはおさえた。しかしさすが鮭の本場にやってきたんだなあ、という実感だ。

そのほかにもこの海産王国の魚料理はどのレストランで食べてもとにかくうまく、タラなどは厚みが三センチくらいあって肉全体にすさまじい北風と荒れた海の味がする。「日本人もタラを食べますか?」と聞かれたので「タラチリ」を説明したが、まずタラチリに必要不可欠なトーフの説明だけで一苦労だ。コンブやワカメなどの海藻を食べない人たちなのでスープの味の素になるコンブだしやショー油の説明となるともうお手上げだ。

翌日は日本からの客が来たので街で一、二番という魚介類、とりわけ手長エビのうまい店に行った。

この国の家は冬の強い風や雪に耐えるようにコンクリートで堅牢《けんろう》に出来ているが、外側と内側を木で仕上げ、どの家も複雑に階層をズラして中を大きく見せる工夫をしていて、しかもその造りがおしゃれだった。

美しい丸テーブルを四人で囲み、まずはエビの濃厚スープ。日本では味わったことのない、どうだまいったかの「まいりました」味だ。エビはカラの上に肉をそっくりのせていて一見エビ寿司《ずし》のように見える。けれどカラは食えませんね。でもこの皿盛りのしかたは日本でも充分人気が出そうだった。

「スシ」が流行《はや》っていてスシバーはもちろん、なんと「回転ズシ」まであった。誰か日本で見てきて「さっそく真似《まね》してみよう!」ということになったのだろう。

平日の昼は田舎のドライブインでホットドッグにコーヒーというのが一番うまく、以前アメリカのクリントン元大統領がきて「アイスランドのホットドッグはうまい！」と言ったらしい。

いつか氷河の上で羊汁を

地図を見るとわかってくるが、アイスランドは大西洋の底からあるとき突然隆起してきた海底山脈のてっぺんの部分だ。

巨大なグリーンランドからもスカンジナビア半島からもイギリス諸島からも遠く離れている。ということは孤立した火山帯が勝手に海上に隆起し、固まってしまったもの、と考えられる。そしてそこが地球を構成する大きなプレートの分かれていくところになった。

ユーラシアプレートと北アメリカプレートの分かれ目をこの国の地表から（本当に）見ることができる。ここから分かれて押されて地球のその真下にまでいったプレートによって日本に地震が起きる。そういう意味で日本とはゆるぎない繋《つな》がりがある。あまり「楽しくも嬉《うれ》しくもない」繋がりだが。

地球という惑星の構造上では「強く深い関係」にあるけれど、日本からは遠すぎるからなのかあまりなじみのない国のひとつだ。

グリーンランドとよく混同される。グリーンランドはその名のように緑に覆われた巨大な島で、アイスランドは雪と氷の島——というふうに。

でもそれは反対で、グリーンランドのほうがもっと全面的に雪と氷だらけで、人もあまりいない。ぼくは本当はこのグリーンランドにまで足を延ばしたかった。そこまで行けば島のほとんどが北極圏だ。アイスランドはその島の北側の一部が北極圏にかかっているにすぎない。

グリーンランドに行きたかったのはそこで生活している人々の大半はつまりは「グリーンランドエスキモー」で、トナカイの遊牧をしているからだ。

この二つの島をじっくり知るには二カ月はかかるだろう。まだ雑誌の小説などの連載仕事をいくつも抱えているぼくにはままならない。でもグリーンランドまで行けば、これまで行ったアメリカ（アラスカ）、カナダ、ロシアの北極圏に繋がってヨーロッパ北極圏まで至ることになる。地球の北のてっぺん部分をぐるりと眺められるわけだから魅力的だった。

それでもこのアイスランドの北西側のフィヨルド地帯をひたすら地べたを這《は》う真面目な昆虫みたいにしてずんずん進んでいくと、そんな北の果てなのにきれいに手入れされた美しい家にしっかりリラックスして生活している「北の文明人」がいて、その人たちの生き方や考え方に触れることができて、感激することが多かった。

どんな田舎に行ってもそこに建てられている家がどれも美しいデザインで、見ているだけで楽しい。小さな村はたいてい海岸沿いにあるから、どの家も沢山の窓が海に向けられている。

家の構造が複雑で、規模のわりには中に入ると大豪邸のような気分になるのも楽しい。合理的で不思議な建築構造と呼びたくなる。

これはたぶん「北の国の文化」として継承されているもののようで、三階建てぐらいの家のそれぞれに中二階や準三階とでも呼びたい部屋が周辺に張り出されていて、一階横の独立半地下室とか、ドアの先が突然ベランダとか、ちょっとぼんやりしていると自分がいま何階にいるのかわからなくなってしまうくらいのマジック設計だ。

小さな家をできるだけ広い生活圏として使い、同時にどの部屋も南や東に窓をつけておきたい、という地球の北のはずれに住む人々の望みと工夫があるようだ。

北極圏にあまりにも近すぎて夏は夜の闇の来ない「白夜」だし、冬はその反対に「夜ばかり」だ。海べりの土地に住む人は「黒夜」にあらわれるオーロラを夜の太陽のようにしてあがめ、それが海面の上で踊っている光景をその人の人生の中でどのくらい見ることができるか――を「幸福の蓄積時間」として楽しみにしているらしい。

要するに「幸せ時間の大切な貯蓄」だ。わしらの国は「経済損得」が基本になっている、たとえば「マイレージ」の貯蓄競争とはずいぶん思考と感覚のへだたりがある。

ぼくは今回、このアイスランドという国に住む多くの人々が、日々の暮らしやその人生に「幸せで満足である」という感想をもっていて、ある調査で「世界一幸せな国」と言われていると聞いて、それはどんな理由によるものなのか、ということを旅のさまざまで見聞し、本に書くことを目的のひとつとしてやってきた。

産業は漁業が八〇パーセントで、その殆《ほとん》どを輸出している。地熱と水力でエネルギーは完全クリーン。消費税や税金や物価は高いが、人々はそれらのなかでやりくりし、みんな楽しそうに暮らしている。

三千人ぐらいの人口の町のホテルに泊まっていたとき、夜中にホールのほうから歌声が聞こえてきた。覗《のぞ》いてみるとその町の自発的な敬老会のようなもので、五、六十人ぐらいの老人男女がアコーディオン、ギター、ドラムに合わせて合唱大会、そのあとは楽しそうにダンスをしていた。夜十二時ぐらいまで続いていただろうか。

昔の歌声喫茶のような音楽が多かったからか、階下から聞こえてくる夜更けの音楽がなつかしい。

日本だったら絶対にカラオケ演歌の競争熱唱になるんだろうなあ、と思って聞いているうちにここちよく眠ってしまった。

大きな町はもちろん、五百人ぐらいの村にもレストランは何軒かある。どこにでも必ずあるメニューは「鮭料理」「鱈《たら》料理」「羊肉料理」であった。代わり映えはしないが、素材が新鮮で料理方法がどの店も微妙に違っているので、どこで何を頼んでもみんなうまかった。ちょっとしか離れていなくても村が違うとその村の郷土料理の味つけがあるようだ。

ぼくはどれも好きなものであり、みんな満足していたが、とりわけ「羊スープ」がどこも絶品だった。小さく切った羊の肉はやわらかく、人参《にんじん》とタマネギとあとはよくわからないその地方の貴重な野菜などが細かく切られて煮込んである。日本的にいえば「豚汁」のようなもので、当然ここでは「羊汁」でピッタリ。日本のドンブリより大きな器に入っていて、これでパンを食べる。パンはみんなその店の焼きたての丸い小さなやつで、この組み合わせがうまくて必ず「腹いっぱい！」になるのだった。

三週間の島半周などあっという間だった。この島の一番東の広大なエリアは氷河地帯が広がっていて、そこまで行くとなるとヘリコプターが必要なようだった。

小さな一五〇〇メートルぐらいの氷河をスノーモービルで登り、地上から四十分ぐらいで雪山登頂成功！　なんて気分を味わい、深さ一二〇メートルの火山の火口の内側に入っていくちょっとした地底旅行もした。

帰りはデンマーク経由。トランジットを入れて十七時間だった。

大山鳴動して……

長旅から帰ってくると事件が起きていた。ネズミが我が家に現れたのだ。それもかなり大胆というか、頭からヒトを舐《な》めたタイドで。

帰国二日めの夕刻、ぼくはシャワーを浴びたあと、ダイニングの簡単テーブルの前に座ってビールを飲んでいた。すると小さな灰色のすばしこい奴《やつ》がツツツツツと部屋を斜めに走っていくのが見えた。

一瞬、自分はグラスいっぱいのビールでもう酔ってしまったのか？　と思った。灰色のすばしこい奴が視覚から消えたあともぼくは動かなかった。やっぱり本当のコトとは思えなかったのだ。

けれど本当でなければ今のあれは幻覚ということになる。それだとさらにマズイ。どうしたもんか、と思っているともう一匹、さっきとほぼ同じ方向と角度で灰色のすばしこいのがツツツツツと斜めに走っていった。走っていって消えた方向にＦＡＸを置いた木製のキャビネットがあり、それは中にアンプやチューナーなどを入れるために建具屋さんに作ってもらったものだった。観音開き式のドアの片一方が開けたままになっていて、二匹目の灰色のすばしこい生き物がその中に入っていったのを今度はちゃんと確認した。そこにいたってぼくはやっと体を動かしていた。自分では素早くのつもりだったが実際はどうだか。でもとにかくそこに向かって走り、キャビネットの扉を閉めた。近くにあった椅子を引き寄せ、閉めた扉の衝立《ついたて》にする。「やったぞ！　フクロのネズミだ」。

箱の中で今の生き物が焦って動きまわっているような音がかすかに聞こえる。ビールに秒速で酔ったわけでも、幻覚でもなかったのだ。わが家にネズミがいるのだ。

前の日に帰ってきたとき、ツマがぼくに話していたことが頭によみがえる。

「この家にナニカいるようなのよ」

彼女はそう言っていた。

わが家の室内には大小沢山の鉢植えの植物があっちこっちに置いてある。天井付近まで枝をのばした南洋風の樹木から葉をたくさん広げる草花まで、名前はよくわからないがいろいろ植えてある。

その鉢のまわりにそうした観葉植物用のメの粗い砂などが乱暴にかきだされ、かなりの量のそれが床にちらばり、やわらかい葉などは茎ごとちぎられ、まわりに散乱している。出窓の棚に並んだ蔓性《まんせい》植物などはとくにひどいありさまだったという。夜になるとナニカが現れてそういう悪さをしている。その異変が起こったのはほんの一週間ぐらい前あたりからだ。

ツマはそう言っていた。

「ワルサをしている奴がなにかわかったぞ」。その日帰宅したツマにぼくはそう言った。「ネズミだ。ネズミがいるんだよ。さっき二匹ここで目撃し、そのうちの一匹はあそこの中に閉じこめてある」

「ひええ。ネズミ？ どうしてそんなのが」

彼女はちょっと錯乱した表情を見せたが、ここ数日「異変」を起こしているモノの正体がネズミである、ということをすばやく理解したようであった。

ぼくはネズミ一匹閉じこめてあるキャビネットのところにツマを呼び、その中に生け捕りにしたネズ公が焦って動き回っている音を聞かせてやることにした。けれど箱に耳をつけても、さっきドタバタしていたあの音がまるで聞こえない。

ネズミは用心深く賢いというから、今はじっと箱のどこかに潜んでいて、扉を開けたとたんにパッと飛び出しほかの方向に逃げていく、という最悪のケースが考えられる。

箱全体を少し前のほうに動かし、裏を見ることにした。その段階で箱の裏にはコメツブぐらいのネズミの糞《ふん》がいっぱい散らばっているのに気がついた。さらにキャビネットの裏には外部から電気のコードの束を入れる穴がふたつあり、ひとつはコードで半分ほどが埋められ、もうひとつの穴は丸々開いていた。さらにキャビネットの後ろの家の板壁にはもっと大きい丸い穴があり、そこからもコードの束が出ていて半分ほど空間ができている。

この穴を通ってネズミが出入りしているのは間違いないようだった。試しにキャビネットの扉を開けてみたが、閉じ込めたはずのさっきのクセモノの姿はまるでなかった。奴は穴から穴へと伝わり「バーカ」などと言いながらとっとと逃げてしまっていたのだ。

これはもはや我々の手におえない、という結論になり、その日のうちにわが家のメンテナンスのアレコレをやってもらっている建築会社に電話して相談した。

「いま、都会の家で似たようなケースが増えています。さっそく専門家に相談しましょう」。頼りになる返事が返ってきた。ダスキンに家鼠《いえねずみ》退治の部署があり、さっそくラットバスターズの二人がやってきて、まずは家中を調べる。わが家は半地下室を入れると四階建て。さらに屋根裏部屋があり、そこから屋上に出る出入り口があって夫婦二人暮らしでは使っていない部屋がけっこうある。

本格的な捕獲掃討作戦に入る前に専門家に言われてやることがいろいろあった。書庫と屋根裏部屋の壁まわりの床を全部かたづけること。ネズミは用心深く壁沿いに走って移動するかららしい。

ぼくが最初に見た奴がリビングを斜めに走っていたのは、奴らがほかの部屋でなにか悪さをしているときにぼくがいきなり帰ってきてビールなど飲んでいたので、奴らは自分らの出入り口であるキャビネット裏の穴に向かって最短距離を突っ走ったかららしい。コメツブのような糞の大きさからハツカネズミでしょうと指摘された。

次の日から書庫と屋根裏部屋の実質的な大掃除に挑んだ。書庫で丸一日がかり。屋根裏部屋でまた一日。疲れたが片づいた。

汗だくの夕方、シャワーを浴びて冷たいビールがおいしいが、タタカイはこれからなのだ。そういう準備の日々にも夜になると奴らは現れて植物をかじる。専門家に聞くと、彼らはそれらの葉や茎をかじることによって歯を磨いているらしい。ふざけやがって。

すべての準備が整い、ネズミが必ず現れている一番糞の多い書庫と屋根裏部屋の壁ぞいぐるりにネズミとりシートがはりつめられた。これは簡単にいうとゴキブリホイホイの屋根なしのでっかい奴で、たぶん化学的にネズミを呼ぶ芳香みたいなものが仕込まれているのだろう。

問題の翌朝、書庫に一匹のネズミがかかっていた。すぐに専門家が回収にくる。それからキャビネット裏の穴を塞いでくれた。

一匹捕獲しただけでもういいのか、と心配になり、聞いてみると、捕まったネズミは仲間に警戒信号のような声を出し、それによって来襲はなくなる筈《はず》だというのである。

邪念の特急「あずさ」

中央線の岡谷《おかや》まで日帰り旅だった。行きは朝七時発の「スーパーあずさ」。よく晴れていて暑いくらいだったから、この時間は登山客がいっぱいだ。今は登山ブームというが本当ですな。中高年の男女が主流のようだったが、ハナシに聞くこれが「山ガール」とかいう娘登山客も目についた。

山に登る人はザックの重心をできるだけ背中の上のほうにかける担ぎ方をする。重心が下だと斜面を登るときそれだけ負担がかかるから上重下軽は基本だ。

だから街などでいま若者たちに流行っているバッグの代わりにザックをしょっている姿を見ると、あれはみんなダラーンとだらしなくお尻のほうに荷物があって、山登りをやっていた者の目からはイライラする。まあやつらは平地を歩いているのだからそれでもいいのだろうけれど。

で、この「山ガール」とおぼしきやつらが、こんなので山の斜面を登れるのか？　と首をかしげたくなるくらいの下重心なのだ。

しかし、ぼくが登るパーティにそういうのがいるわけじゃないから、勝手に山の斜面で苦しんでいくんだよ、と言いつつスーパーあずさは新宿を出ていく。

梅雨に入る本当に直前だったので、ずっと快晴、車窓からの山の風景は見事なもんだ。まだ上のほうには雪渓が残っている。この時間だと前の晩から山に入ったパーティのいくつかがあのあたりにいるんだろうなあ。いいなあ。

ぼくが中央線界隈《かいわい》の山々によく行っていたのはサラリーマンの頃だった。夏も秋も春も冬も行った。冬山はいつでも厳しかったが、若い頃は体力があるからツェルト（単なる防水の布）一枚で雪の上に寝た。冬テントは重いからそのほうが荷物が断然軽くなって結果的に楽だ。

でも今はもうあんなことはできない。ついこのあいだまで外国の氷河の山を登ってきたばかりだが、スノーバイクを使ってだからまったく楽なもので、危険があるとしたら氷河のクレバスに落ちてしまうことだった。あれは致死率が高い。それを忘れてしまえばしあわせな日々だった。

スーパーあずさの中の登山客たちが嬉しそうに「さんざめく」。本当にそんな感じ。登山を前に気持ちが高揚しているのだ。うるさくもなく、心地のいいおしゃべりで、聞いていて気持ちがいい。

岡谷でひと仕事おえて、帰りはただの「あずさ」だった。行きの「スーパーあずさ」

と違うところはグリーン車の客が車両の半分を占めていることだった。つまり混んでいる。山から帰りの人はまだいない。あたりまえだよなあ。土曜の午後なのだ。

その代わり中高年のカップルの含有率がいやに高い。中高年というよりも老齢といったほうがいいかもしれない。こういう老齢の人もカップルと言っていいのだろうか。もう少し老人特有の呼び方がありそうな気がする。

少し濁って「ガップル」とか。意味がわかりませんね。

一車両の半分のスペースにそういうガップルが五組いた。過半数を突破している。隣の二人席は顔に浮きでたシミの数と大きさからいって八十代後半ぐらいだろう。

その連れ合いは見るからに「水商売」の古いママという髪形、化粧、派手で目立つ服装。年齢は七十代中頃か。いやもっといっているかな。男のほうはピンクのポロシャツの衿《えり》を全部立て、革のベストを着てスニーカー姿。若い恰好《かっこう》だがあまりにも若すぎて完全に目立ちまくりだ。顔つき、喋《しゃべ》り方、態度から中小企業の会長と見た。しかも創業者だからいまだにワンマンだ。行きつけの店のママとの不倫旅行の帰りだろう。でもその服装から見て同じぐらいの世代の人が集まって温泉一泊ゴルフ大会の帰り、というセンも考えられる。

二人は頭と頭を寄せ合いさっきからずっと喋っている。その大会がとても楽しかったのでそんな会話をしているだけなのかもしれない。けれど夫婦でないのは確かだ。旅に出ている中高年男女が夫婦であるかそうでないかを見分けるのは簡単で、夫婦はめったなことでは喋らない。

妻のほうはたいてい窓ぎわに座って車窓風景を見ている。旦那のほうはブスッと黙っているか寝ているかのどちらかである。これはレストランなんかに行っても変わらない。黙って向かいあい、注文したものを機械的に黙って食っている。

この「夫婦旅沈黙の法則」は「ファラデーの法則」や「フレミングの左手の法則」と同じくらい厳然としていていかなる理論でもくつがえすことはできない。

やがてぼくはトイレに立ったのだが、そのグリーン車に乗っている乗客の老齢のガッブルの殆どが座席の左右から頭を寄せ合い、なにごとか嬉しそうに喋りまくっている。「夫婦旅沈黙の法則」の反対側には「不倫旅多弁の法則」というものがあって、この法則はホーキングだって論破することはできない。

ほかにぼくのように一人で座っている親父《おやじ》がチラホラいるがそのうちの一人は顔にシャッポをのせて寝入っているし、一人は新聞を持ったまま寝ている。あずさは新幹線とちがってけっこう揺れるから眠るのに心地いいのだろう。ぼくは自席に戻った。しあわせに満ちた車内の空気を乱さないようにそろそろ本を読むかバッグに入れてあるウイスキーの小瓶で風景に乾杯するか、の時間だ。そうしてそのようにした。居眠りから目覚めるとあずさは「高尾」の駅を通りすぎ都内に入っているところだった。あと三十分ぐらいで到着だろう。

少しずつ荷物の整理を始めながら老ママさん風のほうが言った。

「○○さん、たのしかったわあ。一生の思い出よ」

「おう、そうだったなあ。一生の思い出だ」

二人とも耳が遠いのか声が大きく、そういうことが筒抜けなのである。

やはり二人は不倫なんだろうな。しかし一生の思い出といったって失礼ながら双方これからあと何年ぐらい生きていけるのか。

ぼくが密《ひそ》かに思っているようなそんな通俗的なことではなくて、やはりゴルフで二人が同時にホールインワンを出した、とかいうことなんだろうか。あるいは温泉麻雀《マージャン》で会長のほうが九蓮宝燈《チューレンポートー》を出し、老ママのほうが同時にその場で国士無双を出した、というようなことを言っているのだろうか。

確かめるすべもなにもないまま、車内の人々がそれぞれの荷物をまとめる音がそこらで聞こえ、ガップル同士の喋る声が錯綜《さくそう》してきた。どちらさんも楽しい旅は終着駅までなのだろう。

3

拡声器国家、日本

六月の疲労とカタルシス

六月は毎日タダナラヌ忙しさだった。ぼくはひっきりなしに国内外あっちこっち行っているように思われているが、それはずっとむかしの話で、いまはわが能力にはいささか重い連載小説にヒイヒイいってるその日暮らしだ。とくに今月は惑星直列じゃないけれど、いくつもの連載小説の締め切りが並んでいた。難しいのは『文學界』という、昔でいう純文学雑誌に三年がかりで書いているピカレスク小説（悪漢小説）の最終回で、当然ながらそれまで書いていた長いお話をまとめなければならない。

この連載は条件として恵まれていて隔月の連作だが、一回ごとの原稿枚数は基本的に「何枚でもいい」。ぼくのふがいない実力に合わせてくれたのだろうけれど、例えば二十枚でも四十枚でも許してくれるのだ。なんか盛り場で小さなタイコ焼き屋なんかを営んでいる老人が、そのあたりを仕切っている親分がいいヒトで、毎月出来高制でいいよ、と許してもらっているような気分だ。

で、最終回はそれまで書いてきたいろんなオハナシのツジツマを合わせオトシマエ、じゃなかった決着をつけなければならない。

だから時間がかかった。五十枚を書くのに一週間。そのあいだほかの週刊誌や新聞コラムエッセイなどは殆《ほとん》ど手がつけられない。のめり込んでいると日のたつのが早く、ぼくは書斎を住処《すみか》にした動物みたいにして暮らしていた。でも結果的に昨日完成。久しぶりに仕事したなあ、という気持ちになった。

五月に行っていた外国旅行でそういう本業のローテーションにかなり変更を強いられたのが六月のアタフタぶりの原因となったのは間違いないが、若い頃はそういうものをひっくるめてぐいぐいいった。そういうパワーとモチベーションがあった。

頭脳よりも体力で書いている作家と言われているが、我が体力もまた歳相応《としそうおう》に衰えているのである。だからこのところ引き受けている小説は自分の好きなジャンル限定で、ようやくおのれを知ってきた、というところだろうか。

面白いもので若い頃は「新機軸です」などといわれると「ん?」と言って興味をもった。あるとき親しい人が新雑誌の編集長になった。それは若い夫婦の子育ての専門誌だった。

その編集長が「新しい挑戦として若いママの一人称で連載小説を書いてくれないか」

と言ってきた。その頃いくつものいろいろなジャンルの小説を書いていたからその一環だろうと気軽に引き受けたが、当時一方で青春暴力小説を書いていながら「あたし朝から困ってしまったの。娘のマミがパンケーキ食べたいと言って泣いているのにハチミツの買い置きがなかったんですもの」なんていう話を書いていったのである。

たまたま野田（知佑《ともすけ》）カヌー親分にその雑誌を読まれてしまい「シーナよ。お前ついにアタマおかしくなったんじゃないか。十行でキモチワルクなった。あれやめろ、書く者も読む者も体に悪い」と言われて編集長に「おれ妊娠しちゃったので」と謝り、途中で連載をおりてしまった。

いまはもうそういうアホは繰り返さない。自分の好きなジャンルのものを、のめり込みながら遊びながら書いていきたい、と決めたのだ。

だから今続いているぼくの連載小説はやはり純文学誌の『すばる』と自由エンターテインメント系の『野性時代』。この二誌に書いているのはSF連作だがSFというのは独特の異様心理状態への突入が必要で、どうも設定が身の丈より少し高い内容だったようで、これから苦労しそう。

楽しみは二十歳の頃からプロレス記事めあてでときおり買っていた『東京スポーツ』に週一回書いているなんでもいいぞジャンルのフトッパラ企画でもう五年続いている。

二つのテーマを月単位で交互に書いているが、一本は自分のストリートファイトの経緯を正直に書いている。これを長い軸にして、ここに「世界糞便録《ふんべんろく》」という読んですぐわかる、これまでぼくが体験してきた世界のあらゆる糞便奇話が中心のシリーズをからめた。いまは終わって「奇食珍食」というシリーズになっている。「糞便」話も「ヘンな食い物」話も本で読んだりヒトに聞いたりだとしばしば誇張やウソが入るから全て自分の体験したことで貫いている。このシリーズを始める前にどのくらいの回数書けるかそのリストを作ってみたら五、六十回はいけることがわかった。これはぼくがゲテモノ食いじゃなくて、世界の辺境地に行くとそういうものしか食うものがないから仕方なしに食った、というのが本当のところだ。最新のは北大西洋で食った目玉に寄生虫が必ずいる盲目の巨大鮫《ざめ》の話。今週はカンボジアのタランチュラ系の大きな黒蜘蛛《くろくも》のカラアゲである。

あやや。今週は自分のことばかり書いているぞ。

このところ急に聞くのが作家やその関連のアート系作家の訃報である。よく知っている人も、一、二度会った人も含めて急に目立ってきた。それは同世代の人々がそういう時代に入ってきているからだろう、と見当がつく。ずっと前からも作家はコンスタントに死んでいた（！）が、自分とは世代が違うので今ほどには敏感にならなかったのだろう。

少し前の時代は作家というとサケに女に喀血《かっけつ》に借金に心中、というイメージがあった。今はそんな古典的な骨のある作家はおらず銀座のクラブを豪遊している話ばかりよく聞く（ときどきクモも食ってほしい）。運動しないでいいものばかりを食っていると体に悪いんじゃないか。

ぼくはこの激動の六月に誕生日を迎えた。三匹の孫が祝ってくれて、それがとても嬉《うれ》しかった。一番上の五年生になる孫少年が父親に買ってもらった天体望遠鏡に熱中しており、夜更けに自宅の屋上で、ぼくに本物の土星を見せてくれた。彼はいまあらゆる自然世界に興味があるが、今はとくに宇宙に眼が向いている。

土星の環《わ》が見えた。その周りに小さな沢山の衛星がじっとしている。

ぼくはこの衛星たちを見ると涙が出る。

思えばその孫の親、つまりぼくの息子にぼくが天体望遠鏡を買ってあげ、自分で土星をとらえて（天体望遠鏡で惑星をとらえるのは案外難しい）得意げにぼくに見せてくれたことを思いだした。

歴史は厳然と繰り返しているのだ。

誕生日を祝ってもらって、ぼくはもう少しちゃんと生きていこう、と思った。チビたちとのつきあいでこの先にもまだ、こんな心に大きなヨロコビがいろいろあるんだろうからなあ、と思ったからだ。

拡声器国家、日本

このあいだ行ったアイスランドは目にするものすべて美しい国だった。遠い山にはいたるところ雪渓が残り、海は青く、少し冷たい風は常にさわやか。自然風景だけじゃなく寒村や町も、そして首都レイキャビクもそこに住む人々が整然と美しい街づくりをしている。

それというのも首都に十二、三万人しか住んでいないから一千万都市東京の猥雑《わいざつ》ぶりとは基本的に質が違うのだろう。一九六〇年代の頃に初めて中国の上海《シャンハイ》や北京に行ったとき、人間の多さと街の汚さや騒々しさにびっくりしたが、この島の人が今の日本に来たらきっとそんなふうに思うのだろう。

店やレストランなどのしつらえがどこも気がきいていて店の人もみんな必ずウエルカムの笑顔。ヨーロッパ文化を頑《かたく》なにした孤高の島、というイメージだった。

日本のようにユーレイみたいな覇気のない若者男女が「こちらビールでよろしかったですか?」などという謎の過去形など使わない。ビールを持ってきて「こちらビールになります」などという不思議なことも言わない。カボチャを持ってきて「こちらビールになります」と言うのなら、いつどのようにしてカボチャがビールに変身していくのか見ていたいものだが。

北の島国アイスランドのお店の人はみんな「おいしく、楽しく過ごしてくださいね」という笑顔だ。

この国はかつて世界で一番シアワセな国ランキング一位になった。たしかになあ、と思わせる。それぞれの人々が気持ちよくその日を過ごせるように、ということを考えて生活しているようだ。

町にも田舎にも拡声器騒音というのが一切ない。誰もマイクやスピーカーを使わないのだ。ときおり中高齢者が緑地に集まって合唱などしている。たまたま十人集まったからみんなで歌いましょうか、という感じだった。リードなどつけられていない犬は犬たちで勝手に集まってリラックスしている。役所の庭はすべて開放されていて市民の公園になっている。静かで厳粛、質素でたおやかな生活。アメリカのアーミッシュの村を思い出した。

そういう国から帰ってきたら、ぼくの住んでいる町は「区長選挙運動」のまっただなかでうるさいのなんの。おなじみの「不用品回収業者」のデカボリュームと張り合うようにしてでっかいボリュームで自分の名前を連呼している。なんの効果があるのか相変わらず「名前の連呼」だ。当事者はそれにどのくらいの意味と効力があるのかを「どのくらい」認識しているのだろうか。

二期以上の区長連続就任はよくない、と一番言っていた人が結局四期目の当選をした。今このあたりで問題になっていることのひとつは都市部における児童減少による小学校の統廃合だ。子供や親や教師の「人間性」を何も考えずにそういうことをしたがっている区長だと聞いた。今までいた国と、自分の住んでいる町のこういう差は精神によくない。

夕方になって自宅の屋上に出て、都の西の風景を見ているのが好きなのだが、いきなり一〇〇メートルぐらい先にある行政の放送塔から音楽が流れた。そうだこの町はそれがあるのだ。毎夕五時になると大きなボリュームで「家路」をかなりの時間流す。あれにいったいどんな意味があるのだろうか。

間髪をいれず隣の区から「夕焼け小焼け」がやはり同じようなデカボリュームで流される。双方の音楽攻撃を毎夕うける。あれは本当にいったい何のための音楽なのだろうか。聞いたら武蔵野市はビートルズだという。空襲警報みたいに今は東京中の空にそんなふうにいろんな音楽が流れているらしい。

欧州の人は、そこに暮らす人々にとって空間も共通の自然財産だ、という考え方をするから、たとえば東京の街中を拡声器騒音をまきちらしながら走り回る「不用品回収業者」などの存在はない。第一そんなに毎日いらないテレビや冷蔵庫が捨てられる国というのは多くの国の人にまず理解されないだろう。

また行政のやることだからといって住民の合意なしに毎夕大きなボリュームで、目的と意味のよくわからない音楽を流すこともしない。

東京の街中に張り巡らせたこの放送網は防災時のため、という大義名分があるらしいが、とにかく常にそれで何か放送したくてしょうがないみたいでたとえばいきなり「振り込めサギ」についての注意放送がある。いつもの音楽と違うから「なにごとか?」と注意して聞いているとコレなので、もう慣れっこになってしまってあれではオオカミ少年の理屈で本当の災害放送が有効でなくなる危惧もある。なんかいろいろおかしいと思うのだ。

田舎のほうに行くと、この行政の放送網がありがたい、という意見も聞く。むかし四万十川をカヌーで下っていたとき、中州にのりあげて飯を食っていると、いきなりこの放送が鳴った。川からは道の上にあるスピーカー塔は見えなかったのでびっくりしたが「もうじき夕方になるのでよいこは帰りましょう」というような内容だった。山の中まであいうのを流してタヌキでも脅かしてるんですか、と流域の人に聞くと、過疎地なのであの放送を聞くと連帯感が生まれるから嬉しい、という意見があった。なるほどなあ、とそのときは感心した。東京都区ではそれでなくともヒトが多すぎるのでとくに知らないヒトと連帯感は持ちたくない。世の中の価値観は場所によっていろいろなのだ。

これは凄《すご》いなあ、と思ったのはベトナムのチャウドックでのコトだった。雨期には八〇パーセントぐらい空気が水分を含んでいて息をするのも気持ち悪いような街で、朝からずっとラジオのニュースが街中に流れている。

貧しい家もあってテレビもラジオも持っていない人のために流されているのです、と地元の人が説明してくれたが、ここでは個人の静寂の時間、というのが存在しない。ドイツなどはとくに「個人の静かな空間と時間」というのを大事にする。だから石造りの部屋の壁はむかしから厚く作ってあった。その点、木と紙と藁《わら》で作られていった日本の家は音など外からも中からも筒抜けである。長屋の土壁も古くなると穴だらけで音のプライバシーなど存在しなかったらしい。

そのかわり日本人は「聞こえても聞いていない」という人づき合いのマナーを身につけた。だから世界でも稀《まれ》なくらい外からの暴力的な「聞きたくない」音の流入に寛容なのかもしれない。でも家や家族の生活空間がどんどん欧米風になってきている今、音への価値観も変わってきていると思う。

しあわせな冒険時代

フジテレビの開局五十五周年記念特番と銘うった二時間の海外ドキュメンタリー取材に出た。二時間もの、となると一カ月は取材期間を必要とする。むかしは平気だった。ああいうのは自分で旅の手続きをしなくていいし、ごはんも自動的に食べられる。ひところそういう旅を連続してやっていた。まだ日本のテレビの夜のゴールデンタイムにドキュメンタリーなどという、いまやその時間といったら華や盛りのバラエティーなどを凌駕《りょうが》して、そういう硬派番組が組まれている時代があったのだ。

ぼくが最初にヨロコンデ引き受けたのはテレビ朝日のやはり開局何周年だったか、とにかく記念特番の、しかもシリーズ冒頭だった。目的地は南米最南端の「パタゴニア」。当時ぼくはどのへんにそういう国があるのかも知らなかった。殆どの日本人も知らなかったと思う。国かと思ったらそうではなくアジアとかオセアニアというように地球のあるエリアを示す言葉だった。本格的な撮影チームが入るのは初めてのことで、ぼくを入れて五人。一カ月以上はかかるというだけで詳しいスケジュールというのは最初からなかった。

今と違って日本を出たら自宅とも電話連絡などできない。ぼくは三十代後半。若く健康でいろんなことにアクティブだったから、明日をも知れぬそういう旅を楽しみ、最終的には予定外ながらチリ海軍の小さな軍艦でケープホーンから三百六十五日吠《ほ》える海峡、といわれるドレーク海峡までとんでもない荒波に身を委ねた。その先は南極なのである。

世界最大のイタリア氷河の開口部（海抜一五〇〇メートルの氷河が最終的に海に巨大な氷柱《つらら》のつらなりとなって崩れ落ちるところ）直前までボートで行ったら、五、六階建てのビルぐらいの氷河が崩落してきてちょっとした津波状態になり、ひっくりかえりそうになった。それでもそういうのが面白かった。

その番組は「海と人間」という世界ドキュメンタリーコンクールでグランプリを取った。

すっかり面白くなって、以来そのネーチャリングに何度か出るようになる。二六〇〇キロ以上ある世界最長の珊瑚礁《さんごしょう》グレートバリアリーフをダイビングしながら北上していく船旅では潜水タンクを背負ってヘリコプターから海に飛び込む、なんてリポビタンDか007みたいなことをやった。ディレクターに「やれますか」と言われるとバカ男の見栄《みえ》で「ええまあ……」などと答えてしまい、前日一人寝付きが悪かったりした。ある特番では激流を下る。別の特番ではシーカヤックで無人島を目指す。

「あいつは夕方に冷たいビールさえ飲ませればなんでもやる」という評判になり、作家というより世界をマタにかけたパフォーマーみたいになっていった。

いろんな局の開局記念特番に出ることが多くなり、一番長い取材期間をかけて取り組んだのがTBSの開局三十周年記念特番「シベリア大紀行」だった。四十代に入る頃だった。マイナス四五度以下は覚悟と言われた厳冬期に二カ月、夏に一カ月。関連してアリューシャン列島に。アラスカから誰もいない常に荒れているアムチトカという無人島(戦争史で有名なキスカ島の近く)に突入したときが一番スリリングだった。四十年は使われていない旧日本海軍の作った滑走路にツインオッター機で降りていく、という強引なアプローチだった。島には誰もいないのだから、滑走路に陥没や亀裂があったらオワリである。でもこの嵐の無人島暮らしは本物のサバイバルで、今思えばけっこう楽しかった。迎えのヒコーキが本当に来るか、が最後の問題だった。

モスクワから東の外れヤクート(今のサハ)までの今まで体験したことのないシベリア極寒の旅は、そのあと何度か行く北極圏よりも厳しかった。黒い馬に乗って三十分走らせたら白馬になっている。あまりの寒さにアタマがおかしくなったのか、と思った。馬はみんなハダカで三十分も走ると汗をかく。その汗が白い氷になってしまうからだった。この取材は当時としては破格のゴールデンタイム二夜連続六時間放映だった。

旅のあいだ凍っていくカメラでぼくは写真を撮り続け、それがぼくの最初の写真集となって発刊されたのが嬉しかった。この頃はドキュメンタリー以外でも海外長期取材が多く、それらをみんな楽しんでいた。

そして朝日新聞創刊百周年を記念した「タクラマカン・楼蘭《ろうらん》探検隊」の一員となり、少年の頃むさぼり読んだ『さまよえる湖』と幻の城「楼蘭」までの本物の探検行はやはりテレビ朝日の開局特番となり、大谷《おおたに》探検隊以来七十五年ぶりの外国人探検隊の入城となった。砂まみれの必死の旅だったが全員生還した。

そのあとモンゴルに五、六年間傾倒し、三本のドキュメンタリーに出ると同時に自分が本格的映画『白い馬』を監督したりした。

いつのまにか五十代になっていたがぼくはまだドキュメンタリーが好きで、乞われると「好奇心の虫ザワザワを抑えきれなかった」。そうしたなかで「でっかい旅シリーズ」がはじまり、最初はまだ見ぬアマゾンに行った。これまでいろんなアマゾンの映像を見てきたけれど、やはり自分で実際に体で感じないと本当のところはわからない。沢山の砂の粒子を含んだアマゾンの流れは水泳が得意だったぼくも流されてしまう、という恐ろしい現実を知った。現場感とはコレなのである。

メコン川を上流からメコンデルタまで下る旅は強くて逞《たくま》しくタフで心根のやさしいア

ジアの人々の神髄に触れた魂の旅だったし、その後、何度も行くようになる北極圏に幻の（といわれた）一角鯨の撮影に行ったときは、風景そのものが幻のようだった。

南米大陸中央の熱帯性湿地、パンタナールではピオン（南米のカウボーイ）になって四百八十頭の牛を二泊三日で移動させる本当のカウボーイ仕事をした。こういう体験もすべて面白い。

その頃から作家としての本業に改めてのめりこみ、この五月、自分としては最後のドキュメンタリー「アイスランド」への旅に出た。アメリカから孫たちが日本に帰ってきて、ジャングルや氷原よりも彼らと自宅の屋上で花に水をやり望遠鏡で土星を見ているほうがシアワセと思うじいじいになっていたのだ。

ぼくの最後のドキュメンタリーにはタイトルも「ファイナル」とついていた。ぼくは自分の出ている番組をライブで見ることは今までなかったが、今回は孫たちと見た。一番小さな五歳の男の子が最後まで見ていたのに感心した。ぼくにとってひとつの時代が終わり、新しい時代に入っていく夜だった。

公園のユーレイ

よくタクシーに乗るが、何が困るといって、いきなりワールドカップやプロ野球の昨日の話なんかされるときである。サッカーも野球も好きだからいきなりSTAP細胞はありますかねえ、なんて言われるよりはいい。とくにその日、早めに仕事がらみの酒宴から抜け出し、こういう締め切りの接近している原稿などをこれから書こう、サテ何を書くか、などとぼんやり考えはじめたときなんかだ。

運転手も一日ずっとクルマ走らせてきて退屈気味なのはわかる。あいかわらず梅雨はじゃんじゃんじゃんだしなあ。だからといってW杯で残ったトップクラスはどこが本命でしょうかねえ、などと言われても困る。多くの日本人が概《おおむ》ねそうであるように、いまとなってはもうどこが優勝してもよろしい。だいたい残った強豪にどんな国があるのかはっきりわかっていないんだから。

こういうどうでもいい話題をフラレれば集中しようとしていた思考が寸断されるから迷惑で、思い切って運転手に「いまちょっと考えごとしてますので」などというとたちまち車内にまずい空気がたちこめる。モロに会話拒絶というタイドとなるからね。

思いきって、「自分はモノカキであり、明日の締め切りを前にこれから週刊誌に何を書こうかいま考えようとしているのです」と言ってしまうか、などと思うがカンの悪い運転手で「ああ、そうですか。どういった方面の？」などと言われると「新宿方面ですね」などと思いきりはぐらかす手もあるが、こういうタイプの運転手はなかなか許してくれないのだ。たちまち自分の墓穴掘りだ。

「それがまだよくわかってなくて考えようとしているところなんですよ」

ノーマルな人はこのへんでこっちがあとは沈黙しているとなんとか無駄話をやめてくれる。しかし、タクシーだまりでさっきこのタクシーに乗ろうとして直前にひらめきそうだった話の「なにか」はもうどこかに消えている。結局は失敗だったのだ。

ぐでんぐでんに酔っぱらったフリをして崩れ落ちるようにして座席にへたりこむ、という手がある。そうしてうずくまっていると、タクシーの人はゲロを吐かれるのが最悪だから、こちらの行き先なんかを詳しく聞いて様子をさぐってくる。申し出た道路や場所近くに来ると寝込まれないようにいろいろなことを聞いてくる。でもそのあいだ黙っているから泥酔沈黙作戦も相手次第だ。

逆にひとりでブツブツ、ブツブツ低い声で何か喋《しゃべ》っている、という先制攻撃、という手もある。会社の上役の悪口なんかを勝手に想像してグジグジグジグジ言っている、というのやったことないから試してみる必要があるかもしれない。いや一度やってみたい、という気持ちもある。

しかし、これとてある程度思考しながらブツブツ喋りをしているのだから「締め切り直前」の思考の手助けにはならない。

どうも困った。

ぼくの住んでいるあたりには近頃いろんな国の外国人が増えてきているから、なにかわけのわからないヘンデヘブ語（デタラメ）などというものをいきなりこっちからぶちかます、という荒業がある。

「トロタムテ！　ヘトナイカイ。イケッペルノケケノのナマイカですか、イキマスカイキマセンカ。わたしアムニアワニ。妻もいてアモナイトスルメイカ言うの。でもイカじゃなくて色白のカワイイ子です。パンツすぐ脱ぐよ。いくかいかないか」

新手のポンビキになっちゃった。

まあとかくして二、三十分ぐらいの距離でエッセイの構成を考える――などはどだい無理なのかもしれない。

それよりか、このあいだ面白い話を聞いた。

「お客さんこの道よく通りますか？」

いきなり運転手が言った。帰宅最短ルートだからその日のように酔っているときはタクシーで、普段は自分のクルマでよく走っている。

「この信号と信号のあいだの道の左右に細長い公園があるでしょう」

それはすぐにわかった。

「あそこ、通るとき何も感じないですか？」

「ん？」

話の展開がちょっと興味深い。

「いや、何も感じないですがね」

「今度まだ真っ暗な早朝、あの道を通るとき、道の左右のどちらかの公園を注意してごらんなさい」

「なんですか。えっ？　出るんですか」

運転手、そこで思わせぶりに少し黙った。

「あのね。この手の話、会社のほうからも言われていて、我々もあまりお客さんに言わないようにしているんですが、ここんとこかなりの確率で出るんですよ」

「ん？　何がですか」

「なんかわからないわけですよ。運転手によっては白いスカートをはいていると言うし、いやグレーぽかったとか言うしでいろいろですが、いまどき珍しいオカッパ頭というのが共通していてですね。都会とはいえ朝四時ぐらいにそんな若い娘が公園を散歩してるなんてヘンじゃないですか」

「運転手さんも見たことあるんですか」

「ええ。はっきりとはわからないですが、たしかにそんな時間、こっちの左側のアオギリの立木の多いところをそんなふうな人が。でもそのとき後ろから来るガキグルマがハイビームにしたりするんでちょいと目をそらしていたら見失いました。一瞬ですがそのとき空気がひゅんと冷えたような気がしましたな。でも噂《うわさ》を聞いていたからそう思うのであって、早朝の犬の散歩だったかもしれない。しかしその女の人が犬と歩いていたという記憶はないんですよね」

「ふーん」

思いがけなくも面白い話だった。しかもその場所はぼくの自宅からクルマで十分も離れていないのだ。

「運転手さん、これまでそういうちょっと気になるモノと出会ったことあるんですか？」

「いや、わたしは鈍感でしてね、東京にはまだなにか長い歴史のなかでいろいろ因縁めいた場所があって、交通事故がやたら多い大きな交差点なんか、ときおり『御祓《おはら》い』しているようなところを見たりしますから、場所によってはいろんなことがあるんでしょうねえ」

いやはや、その日は図らずもむこうにベラベラ喋りまくられたんだけど、なかなか面白かった。しかし家に帰ってお風呂に入りビールを飲んでいるうちに、ぼくはあの運転手の退屈まぎれの「お話」にまんまと乗せられていたのかもしれないなあ、とも思ったのだった。

運について

麻雀《マージャン》に負けた奴《やつ》が「オレはこんなことで大事な運を使わねえんだ！」とえばったように言って去っていくときがよくある。あまり元気にそう言われると、なんだか「しまった」という気になる。悔しい。でもヘンだ。

そいつは、運はヒトに一定量しかなく、うまくやりくりすれば蓄積でき、使うとどんどん減っていく、というマイレージみたいなコトを言っている。

「運がいい」という言葉がありその逆の「運が悪い」というのがあり「運がついてきた」があり「運に見放された」というのがある。

よく使うコトバだ。

ふだん運はどこにいるのだろうか。

『広辞苑《こうじえん》』で「運」を引くととっぱじめに「天命」とあり「めぐりくる吉凶の現象」というのが目につく。「運否天賦《うんぷてんぷ》」の説明には「ヒトの運不運は、天が定めること」とあるから、ずっと空の上のほうにそれを決める偉い存在があって、通常その存在を神様仏様と呼んでいるのだろう。

それはなんとなくわかる。いろんな宗教で祈りを捧《ささ》げ、なにかお願いするときはたいてい天を仰いで手を合わせているからだ。

あまりマンホールの蓋を開けてなにかお願いしているヒトは見ない。もしいたらそのヒトの運を決めている存在は地下深くにいると見ていい。天国があり、地獄というコトバがあるからこの関係は非常にわかりやすい。

『故事ことわざ辞典』で「運根鈍《うんこんどん》」の説明を見ると、物事に成功するためには、幸運に恵まれること、根気のよいこと、細かいことにこだわらず粘り強いこと——の三つが必要である、と書いてある。

なるほど麻雀で勝つ奴を見ているとコレが見事にあてはまるように思う。でもここでは最初の「幸運に恵まれること」が事態を大きく決めており、そうなるにはどうしたらいいか、ということで古来ニンゲンはいろいろやってきたような気がする。そうして最終的には「人知のおよばぬこと」としてやはり祈るしかないようである。

自分が幸運に恵まれるためにはほかの人がみんな不幸になれば「幸運枠」がひろがり、自分のものになる、と考えるヒトもいそうだ。ぼくなど少しそういうところがあり、ヒトの不幸をお願いするのはどうも「天方向」とは逆のように思う。

地下に向かって祈りを捧げたり何かをお願いしているヒトをあまり目にしないのは、

これをヒトに見られるのはちょっとまずいかな、という思いがあって、隠れてそうしているのである。

天方向ではなく地下方向から「運」を決めている存在は「神様」ではなく「悪魔やエンマ」ということになるのだろうか。ヒトの運は、天だけが決めているのではなく、地下系的なものがそれに逆らうように干渉している、ということも考えられる。双方拮抗《きっこう》している、というセンもあるな。

麻雀などで大きな手を作っているときに、サッと一番安い手で上がる奴などが地下関係のような気がする。あいつとあいつと。

『東西名言辞典』にオーピッツというドイツの文学者の名言が出ている。

「運の悪い人は安心せよ。それ以上の悪運はないのだから」

そのココロは、人は運というものに必要以上に頭を悩ます。悩ましてその甲斐《かい》があればいいが、悩ましているうちにいい運が回ってきてもそれを取り逃がしてしまうことがある。だから悪い運がきたときに「さあこれで悪運とお別れだ、今度こそ良い運にぶつかるんだ」と期待しなさい、というのである。

この考えの基本は「良い運や悪い運はそこらをぐるぐる回っている」ということになるようだ。

我々の頭の上や足元などを「良い運」と「悪い運」がランダムにぐるぐる回っている、というのはあまりいい気持ちがしない。

ぼくは趣味と仕事（ルポ）をかねて月に一回は釣りをしているのだが、船釣りなどで海に出ると今の釣り船はたいていギョタン（魚群探知機）を装備していて、船を走らせながら回遊魚などを追いかけ、真上に来ると船長が「ハイ。竿《さお》を出して、タナ（水深）は何メートル」などと叫ぶ。

みんな言われたとおりにするが、これってでっかい釣り堀と本質的に変わりないんじゃないか、という気がして、ぼくはこのやりかたはあまり好きではない。

同じ船で十人ぐらいが竿を出しても三十匹釣る人と一匹も釣れない人などが出てくる。こういうときにぼくは「運」というものの存在をわかりやすく濃厚に感じる。

一番多く釣った奴は「腕」がいい、とまわりの者は悔しそうに絶賛する。「運が良かったね」とは言われない。なるほど祈ればじゃんじゃん釣れるのなら、みんな竿を出すときに船端で両手を合わせて祈ればいいことになる。それはちと気持ち悪いからやはりこれは「運根鈍」方向で考えたい。

じっさい釣りは根気と粘り強さが大きく関係しているように見えるので順番は「根鈍運」と入れ換えたほうがいいような気もする。

こういうとき、釣れなかった人は「こんなことで運を使わねーや」などと言って竿を投げることはしない。

ぼくのような釣れないひとはギョタンに見える魚の群れに「幸運な奴」と「悪運の奴」が混ざって回遊している、というふうに見える。そうしてこの場合、魚から見たら釣られてしまった魚は「運が悪い」ということになる。

釣れない（釣らない）ぼくは魚から見れば「神様」という立場になる。魚から見れば水面上は天みたいなものだろうし。

釣れなくても「魚が手を合わせて拝んでいたからやめたんだよ」という言い訳が立つ。「魚のどこに手があるんだよ」という奴には「わたしには見えるのです」と静かに言えばいい。「そんならこういう船に乗るなよ」と言われ、だんだん誘われなくなる可能性があるけれど。

「悪運」という言葉がある。「悪運が強い」と「悪運に強い」の区別がつかなかった。ぼくは長いこと世界の辺境と呼ばれるいろいろヤバイところを旅してきたがこれまで大きな事故や事件などにあわず、生きて帰ってきた。あとで「あのとき一歩間違えれば」ということがいくつかあった。そういうことを「悪運に強い」というふうに解釈していたのだが『新明解国語辞典』を見ると「に」ではなく悪運「が」強いで、悪いことをして結果が良くなる運命。と出ていて、ぜんぜん予想した意味とは違っていたのだった。
ぼくは悪いことはしていません。
「でも天からは見えていたのです」と言われたらうつむくしかないけど。

テントで寝るのは楽しいけど

暑ーい季節がやってきた。もうじき夏休み。今年も日本あちこち沢山のヒトが動きまわることだろう。

ぼくはこの二十年ほど仕事と遊びを兼ねたキャンプ旅を毎月続けている。メンバーは最大二十人、少なくて六、七人。釣りがメインテーマになっているので海、川、湖、沼、水たまりをめざし、何か釣ってそれが食えるものなら焚《た》き火《び》料理で食って、テントを張って大地の上でのたのた眠る。

海外まで行くこともあるが、そこでもたいてい同じことをする。外国でのキャンプは、そのエリアのフィールドに生息する正体のよくわからない動物や虫などに注意しなければならないが、いちばん怖いのが人間である。

武器を持っている連中に出会うことがたまにあるからだ。動物は武器を持たないからなあ。行政の管理エリアや保護区でないと、侵入している我々のほうが現地の人にとって怪しい（怖い）連中ということにもなる。知らずにコカインルートでキャンプするなどというのは自殺行為だ。

かつてイスタンブールにヨーロッパ大ナマズを釣りに行ったとき、狙った川のそばのユーカリの林の中にテントを張っていたら真夜中にタダナラヌ音で目が覚めた。沢山の人の足音がする。何事か、とテントから顔を出すと目の前に銃口があった。これはまったくオソロシイ。しばらくしていろいろわかってきたのは、怪しいアジアの人物が複数、林の中でキャンプしている、という通報が警察に入ったらしい。でも警察ではなく軍隊の兵士十数人がやってきた。ヨーロッパで連合赤軍がらみの事件がいろいろ起きていた頃のことだったから過剰に反応したらしい。

まさかこんな人里離れた林のなかで、誰にも見られることもあるまい、というか、そもそも誰かに見られている、というコトさえ気づかずに日本と同じ感覚でキャンプしていた我々がアホなのだった。

「わしらはけっして怪しいものではない。この国のナマズを釣りにきただけだ」と必死に釈明したが、アジアの東の外れからユーラシア大陸の西の外れ（シルクロードの最西端）までナマズなどを釣りにくることそもそもが超怪しい、ということになって完全解放してくれるまでずいぶん手間取ったことがある。町から中途半端な距離、というのはまだ現地の人の目があちこちにあるから時にややこしくなるのだ。

砂漠の真ん中のルートを行くキャンプ旅をしたときはそういう問題は皆無だったが、

固定していない大地にテントを張る、というのがいかにタイヘンなことか、ということを強烈に知らされた。

場所にもよるが砂漠の砂というのは、常に動いている、と考えたほうがいい。一見手応えのある砂の上、と思い、その上にテントを張ると時間経過や自然の変化（最大のものは風の強さとその方向）によって最初はきちんと張りつめたテントを立てられたと思っても一時間もたつと全体がグニャグニャになっている。当初から砂漠の砂の特性を考えて四方八方を押さえるロープを固定するペグ（砂クギ）も特別長いものを持ってきたのだが、なにしろ知らず知らずのうちに「地面」が動いているので、テントなど大海に浮遊するゴミのようなもので、たちまちヨレヨレになってしまうのだ。

でもそれなどまだいいほうで、砂嵐が来ると「山が移動する」と言われている。津波のような砂の移動にとりこまれたら気がついたときは一〇メートルの砂山の下に寝ていた、なんてことになるらしい。もちろん地中で目が覚める前に窒息死しているだろうけれど。

もっとオソロシイのは北極圏の海の氷の融ける夏、まばらになりつつある氷海にカヤックで出たときだった。七カ月張りつめていた海の上の氷がさまざまに亀裂を作って分断していくから、水路は十分もたつと変わっていく。霧などが出てくるともう方向さえつかめない。パニックにならずじっとしていたほうがいいのだが、進退きわまって停滞を余儀なくされると、閉所恐怖症のぼくなどは空間が開放されているところなのに精神が焦る。そこから何時《いつ》脱出できるかわからない、という不確定な状態に精神がやられるのだ。

厚さ一メートル以上はある氷の上にテントを張ってゆっくり寝袋の中に寝て体力を温存するという方法がもっとも賢いのだ。でもそうやって寝ていたら真下の氷に亀裂が入ったらどうなる、という不安がある。上半身と下半身が分断されることはないが、どっちかバランスの重いほうからテントごと厳寒の海に落ちていってしまうこともありうるのだ。

そのとき、近くに地上六階建てのビルぐらいある氷山が現れた。ぼくはその氷山の下のほうから海氷上一〇メートルほどある平らなところにテントを張る作戦をとるつもりだった。ところが同乗していたイヌイットが「ああいう氷山はときにぐるんとひっくりかえることがある」と注意してくれた。なるほどオンザロックの氷がよくコップのなかでクルクル回っている。氷山だってそんなものなのだった。そういう忠告を無視してその一見安定していると思われる場所にテントを張って夜中にぐるんとひっくり返ったら、ぼくはたちまちテントと寝袋ごと一〇〇メートルぐらいの海底に行ってしまうことになるようだった。

まあこんなキャンプのことを考えると日本の海岸のキャンプほど何も問題がない楽しい夜はない。

それで最近は、雨さえ降らなければ焚き火のそばにシュラフカバーにくるまってそのまま寝ることにしている。一、二泊という短い日のためにいちいち個人用テントを張っているのがバカバカしくなったのだ。

そこで、今年も全国の海岸に現れるだろう「豪邸のような巨大テント」を持ってくるファミリーのおとうさんにちょっと進言。

あれはアウトドアショップやそういうことを書いている雑誌などに影響されているのだろうけれど、欧米の長期バカンス対応の大きくて複雑な形のテントを親子七人総出で半日ぐらいかけて設営して顔を真っ赤にしてフウフウ言っているのをよく見る。そのあとバーベキューして、一晩寝て、またフウフウ言って汗かいてテントをたたんで帰っていくファミリーにおれたちのやり方を参考までに書いておきたい。

そこらのスーパーで植木栽培用のプラスチックの細い棒を買い、強力ガムテープでつないで六、七メートルにし、それを八～十本ほどつくって一番上を結び、四隅に流木の頑丈なのをペグがわりに打ち込んで留める。その回りに十四畳ぐらいのブルーシートをくくりつけて完成。支え棒の広げ方によって四畳半から六畳ぐらいの底辺スペースができ、天を直径一メートルほどあけてシートを張ると中で焚き火料理もできる。総工費高くても三千円ぐらい。安くて簡単、楽しいですよ。

4 あらしの夜に

蚊のフリカケも悪くない

明治神宮の前をタクシーで通ったら今年はじめてセミの鳴き声を聞いた。あれは盛夏のセミの親分アブラゼミだ。マンガ家の谷岡《たにおか》ヤスジ説でいうとやつは決してジージーではなく「ガーシ、ガーシ」と鳴く。

それにしても都会のまんなかでよくあのセミが育ったものだ。ぼくの住んでいるところは新宿の西、木造民家や商店が並んでいるところだが、まだセミの鳴き声を聞いていない。そういえば蚊の姿もあまり見ない。

都会には今やいいかげんな「水たまり」などがすっかりなくなり、ボウフラの育つ場所が激減した。家々の窓はアルミサッシ製が増えて隙間のない網戸が完備されるようになったから、たまたまそこらをトンでいる流れ者の蚊がいてもヒトのいるところまでなかなか接近できない。それじゃあ犬で我慢するか、と思っても、今は室内犬が増えて獲物にならない。かくて空腹でフラフラ、餓死寸前の蚊がそこらでヒクヒクしているような時代になった。

以前ぼくは世界三大獰猛《どうもう》蚊のいるところを旅した。アマゾン、シベリア、北極圏（ポンドインレット、ポイントバロー、チャーチルなど）である。それぞれ場所によって蚊のタイドも性格もちがっていてアマゾンには凶悪なのが六種類ほどいた。

一番あくどく巨大なアマゾン爆撃コンコルド蚊（とぼくが名づけた）は襲ってくる姿が爆撃機に似ている。さらにフザケタことにジーンズの上から平気で刺してくる。

蚊の目から見るとジーンズなんて人間が魚を捕る網みたいにいたるところ隙間だらけなのかもしれない。で、こいつらにたちまち刺された。モーレツに痛痒《いたがゆ》い。やがて刺された瞬間がわかるようになると、ジーンズと足の地肌をサッとズラす。するとそいつの口吻《こうふん》がジーンズの繊維にからめとられ、ひっかかってナナメになって抜けなくなる。ザマアミロなのだ。生け捕りしたこいつを打つ手に力をこめて「カ（蚊）のヤロウ！」と言って叩《たた》き潰す。日本の蚊とり線香なんて優雅なものはこいつらにはまず効かないから、こうして肉を刺されてテキを潰す、という方法しかタタカウすべはないのだ。

北極圏も夏になると氷は消え夥《おびただ》しい数の沼ができる。そこから大量の蚊が発生し、やってくる人間をウハウハいって待っている。

ここらの蚊は鳴かない。しかし常に濃密にまわりに三百匹ぐらいとりかこまれている状態だ。鳴かない蚊の集団、というのがまた不気味でいやらしい。

まず初日はそれらの蚊に刺されてボコボコにされる。テント生活だから最初の日は刺されまくって顔中が腫れ、まぶたがうまく開かなかった。つまりあたりがよく見えない。

数日滞在しているのだから困るのはメシとクソだった。メシは案内人のイヌイットが作ってくれる。バノックという無発酵パンを煮てお粥《かゆ》状態にする。これをスプーンで食うのだが、そこに蚊がじゃんじゃん集まってくる。人間の唇周辺を狙ってくるのだ。でも焦ってかなりの蚊が粥の中に落ちる。蚊も熱さを感じるのか粥のなかでピクピク踊っている。そういうのをちゃんと取り除いている余裕はない（ゆっくり食っているとどんどんまた顔中が刺される）からお粥の中のそれらの蚊は北極圏のフリカケだ、と思うようにして蚊も一緒に食ってしまう。

妙に元気よく動きすぎるフリカケだなあ、などというふうには思わないようにする。

ぼくはそのキャンプで少なくとも五百匹ぐらいの蚊を食ったように思う。でも元気に帰ってきた。蚊にヒトが食われるといろんな病原菌の危険があるが、こっちがまるごと食ってしまえば問題はないのだ。

シベリアの夏のツンドラを馬で行ったときが一番もの凄《すご》い蚊の数だった。一人で旅をしていて怪我《けが》でもして動けなくなったりしたら確実に蚊に食われて（刺されて）死んでしまうだろうな、という恐怖の実感があった。

げんにアラスカの北極圏に行ったときは群れからはぐれたカリブーが死んでいるのを見たが、案内人の猟師は「疲労して動けなくなったところを蚊に襲われて衰弱死したようだ」と教えてくれた。人間だって同じことになるわけだ。

真夏を涼しくさせるためにむかしは「オバケ映画三本立て」なんてのがよくあった。今はテレビがそんな番組をよく流す。

外国の恐怖映画にある吸血鬼ものとゾンビものがどうもぼくにはよくわからない。ゾンビは土葬された死体がなにかの理由で生き返ってきた連中らしいけれど、今や土葬のない習慣の日本ではどうも現実感がない。あの腐った肉片だかホネのカケラだかをぼろぼろ落として襲ってくる粘土のできそこないみたいなやつのどこが怖いのだろうか。

吸血鬼にいたってはヒトの血がそんなにうまいのだろうかという疑問がある。蚊に聞けないぶんドラキュラあたりにインタビューしたい。蚊だとヒトの血をそのまま養分にしてしまえるのだろうけれど、ドラキュラ伯爵はいちおう人間の食餌構造、消化能力などを基本にしているのだろうから、血をどんなふうにして栄養にしているのですか、と聞いてみたい。それからまたビールがそうであるようにただの「血」よりも「生血」のほうがうまいんですか？　などとも聞いてみたい。

「そりゃあんた、生にかぎりますよ。夏はとくにね」なんて答えるのだろうか。

「夏っていったって生血はそのままだとあたたかいんじゃないすかね」

などと聞くのはヤボなんだろうな。

日本の蚊なんて本当にたいしたことはない。だからぼくが嫌だなあ、と思うのはキャンプ場なんかでやたらに蚊除《かよ》けスプレーなどを発射しまくっている若いおとうさんなんかを見るときだ。

キャンプなどはまだ外だからいいが、それでもあの噴霧一発でミスト状になった殺虫薬がどのくらい広範囲に飛散しているか。目に見えないからわからないだけだが、広げてあるその日の夕食のおかずの上などにもじゃんじゃんふりかかっているにちがいないのだ。部屋の中でも一匹の蚊がいると噴射攻撃している過剰防御の人がいる。アレ、蚊を殺すだけでなく人間の体にもけっしていい作用をすることはないように思う。冷房で閉め切ってある部屋に四散八散十六万倍に拡散している微細な浮遊霧はなかなか消えないらしい。それなら蚊そのものをフリカケにして食ったほうが断然いいんじゃないかな。

夏の盛りの暑い日に

わが家は三階建てで、それとは別に大きめの屋根裏部屋と半地下室がある。盛夏になるとわかるが部屋の温度は体感的に屋根裏部屋からおよそ二度ずつ下がっているんじゃないかと思う。外壁はレンガ貼りだが家の内側はすべて板張りなので、室内材質による変化はないはずだ。となると単純に家というものは太陽に近づいていくと暑くなる、というコトらしいとわかった。

これは高層ビルなどにも当てはまる筈《はず》で二十階建てのビルなんかになると、その差はもの凄いのではあるまいか。屋上に近いフロアと一階フロアの体感温度は一〇度ぐらい違うとなったらタイヘンだ。賃貸マンションだと上のほうが冷房代は断然高いことになる。そのかわりに冬はその逆で上のほうの暖房費が安くなるもんね、となるのだろうか。

上層階はむしろ暖房を止めて冬は太陽の日差しをじかに受けたほうが暖かい。窓を開けて外の風も気持ちいいしね、なんてことになるのだろうか。実際は北風びゅうびゅうをまともに受けて上階に行けば行くほど死にそうですわ、などということになってしまうのだろうか。高層ビルに住んだことのないぼくはその実態はわからない。

毎日遠慮なしに太陽がジリジリ照りつけてくるこのバカ夏、ぼくは三階にある自室でしばらくがんばって原稿仕事してたが、そのうち頭がポワンとして、気がつくと同じセンテンスを二度続けて書いていたりしていた。歳《とし》をとってくると室内でも熱中症死することがあるというから荷物をまとめて二階に「疎開」することにした。

荷物まとめてといっても仕事道具とタオルケット一枚ぐらいだが。二階はかなり広いキッチン、ダイニング、リビング、洗面所がくっついた多目的ワンフロアなので仕事して腹が減れば何か食い、疲れたらソファに転がればそのまま眠れる。これはいい発見だった。

思いがけなく仕事もはかどる。くたびれたら冷蔵庫を開けて好みの飲み物を飲んでソファにごろり。ホテルみたいにすぐ手の届くところにテレビとリモコンがあるので、やっている番組はなんでもいい、というおおらか状態でそれをつける。

なんでもいい、といっても野球中継で興味あるチームの試合だったりするとそのまま見てしまう危険があるからこれは避ける。うっかりすると二時間だものなあ。どんな時間でも必ずやっているのが「通販」のCM。これ同じものが多いが、中で喋《しゃべ》っている人がみんなハイテンションで自己コーフンというのだろうか、とにかくカン高い声でエネルギー噴射しまくり、というのがたいへんすばらしい。十五分も見ていると、自分もパワー入れなおしてこんなふうにガンガン原稿を片づけなければ、という思いになる。それにしても「瘦せるため」のCMが圧倒的に多いのに感心する。あんな努力なんかしなくてもぼくなんかこの夏三キロ瘦せてジーンズがブカブカになってしまった。毎日、南米のシュラスコのように肉と野菜だけ食ってビール飲んでいると簡単ですよ。

その日の仕事は殆《ほとん》ど終わり、という時間になるとまあ何をしてもいい条件になるから気も軽く、いい季節だとそのまま仲間の大勢いる新宿三丁目にタクシー飛ばしてしまうが、時間にもよる。あまり遅いとやはりまたテレビの前か。

暑い季節になって、この部屋に疎開してきてかなりテレビをつける頻度が増した。とりあえず冷え冷えビールなどをそばにおく。「冷えちゃん」よ、もそっと近《ちこ》う寄れ。

この夏、夜九時すぎぐらいに適当にテレビをつけると映画『男はつらいよ』をいきなりやっている夜が二日続いた。以前何回見ていても、格別変わったストーリーはないようなものだから安心して楽しめる。ビール頭にちょうどいいのだ。

しかもその日やっていたのは寅《とら》さんが奄美大島《あまみおおしま》から加計呂麻島《かけろまじま》を舞台にくりひろげる話だった。その島はほんの一カ月前、ぼくは日頃のアウトドアの親父《おやじ》仲間十八人と合宿していた島だ。さらにその回は浅丘《あさおか》ルリ子の「リリー」がマドンナだった。寅さんのシリーズでのマドンナはこの「リリー」が最高！　と絶賛する声が多い。

寅さんに出てくるマドンナは時勢をとらえたキャラクターが登場するから、観客はいつのまにか感情移入していけるし、お話の展開は絶対（フラレル）本筋を逸《そ》らさない。どころかいかなるアブナイ状況になっても、世の中にゴマンとある最後の「男女関係」にまでは絶対いかない。そうして悔恨と欲求不満のカタマリと化した寅さんは葛飾《かつしか》柴又《しばまた》の「とらや」に束《つか》の間《ま》帰り、あのあたりの「よき人」との無駄な大騒動を起こして京成電車でまたどこかへ去っていく。

そうして観客を不安にさせるが、最後はどこか風光明媚《ふうこうめいび》なところで元気よく路上商売をしているところで終わるから、観客はまたしても安心して見ていられる。

まあそのへんが山田監督の圧倒的なうまさで、見る者はこの単純さにしてやられ続けているのだが、ヤラレかたが気持ちいいのだから文句はない。

でもこのマドンナ「リリー」だけは寅さんシリーズで唯一不穏な気配がそこかしこにただよっていて、違うシリアスバージョンを作れば寅さんは「リリー」と男女の仲となっていることだろうと思った。あそこまでそのようなムードに仕立てておいて、結局定石どおりけんか別れしていく男女ふたりに観客はどこか心の底で安堵《あんど》し、また次の作品を見にいくのだろう。

あんな設定に組み込まれて「男女」の関係になっていかないのは、よく考えると「異常」なのだが、それとは逆のつまりは〝正常〟な話が世の中いっぱいみちみちているぶん、あれは多くの人の「もどかしい安堵」を刺激して、長い人気シリーズになっていたのだ。

むかしぼくの短編小説を山田監督が『息子』というタイトルで映画化してくれたことがきっかけで、何度か話をさせていただいた。ぼくはそのとき聞こう、聞こうと思っていてなかなか口に出せず、結局最後まで聞けなかったのは「寅さんシリーズ」にシリアスな男女関係が入ったらそれをもってハッピーエンドとなり、シリーズは終了するのでしょうか、ということだった。聞けなかったので答えはわからないのだが、そういう展開になってから最後の一本として東映ヤクザ映画のような、ザラザラして正視に堪えない怖くて汚い寅さんのリアル「完結編」を見たかった。

おいちゃんもおばちゃんもさくら夫婦も、長男満男《みつお》もタコ社長もくたびれはてて本音ばかりさらしまくって荒廃していくもうひとつの「寅さん」を山田監督が撮ってもよかったんじゃないだろうか。

あらしの夜に

十歳になる孫少年を連れて四年ぶりに北海道の山の上にあるカクレガ（つまりまあ別荘）に行って暮らしていた。それを建てたのは二十年ほど前になるが、歳をとったらそういうカクレガで余生を送りたい、とぼんやり考え（ひと山いくらで）安く売っていた山をひとつ買って、その中腹を七百坪ほど平らに削って造ったマンガみたいな家だ。山の上だから背後にクルミや栗《くり》などの広葉樹の森、前方は海と町の夜景が一望できるのが魅力だった。やがての〝終《つい》の住処《すみか》〟にするのだから、とちゃんとした堅牢《けんろう》な家にした。でも歳をとってくると北海道はどんどん東京から距離が遠くなる、ということをやがて知ることになる。

歳とったら移転永住、なんてコトを考えていた五十歳はまだ若かったのだ。カクレガに行くまで山道だから螺旋《らせん》になった私道を三〇〇メートルぐらい上がっていく。クルマ（千歳《ちとせ》空港で借りたレンタカー）だからいいが、冬など雪だまりは二メートルの積雪になる。

大型の雪掻《ゆきか》きユンボみたいなのがないともうだめだ。歩いていくとしたら雪山登山となり、途中でくたばってあと数十メートルのところで行き倒れ凍死だ。そういうやがての自分の体力の劣化を何も考えなかった。若いっていうのはやっぱりバカなんだ。

そんなわけで二、三泊なんていうともう行って帰ってくるようなものだからなにかと面倒になり、前回来たときWカップを見た記憶があるから四年ぶりにやってきたのだった。そのときは十人ほどの釣り仲間たちと泊まった。その時みんなで見ていたテレビはアナログだったからもう何も映らない。わざわざこんな山の上まで来てテレビを見る気もしないのでこの役立たずテレビは捨てたいが、やたら重いので今回は無理だ。

ＦＡＸも壊れていた。天井につけた天窓も今年の冬に雪の重みで落下破損してしまったので普通の頑強な屋根に修理してもらった。遠いところに家を建てるというのはつくづく不便なんだなあ、と今になっていろいろ知るのだ。

けれど、今回は（受験勉強などで）実質的に小学校最後の夏休みになる、という孫少年の希望で十日間の夏休みだ。アメリカで生まれた孫少年は五年間サンフランシスコのゆったりした自然の風景を見ていたので、今住んでいる都会の雑踏に知らず知らずのうちに疲れてしまっているようで、自分から連れていってくれ、と言いだしたのである。

着いた日の夕方に野外舞台みたいにして作った木製ベランダの上でぼくはビールを飲

み、少年はジュースを飲み、二人でカレーライスを作って食った。

沢山の鳥や虫の鳴く声が聞こえ、遠い町の夜景はキラキラ点滅している。じいさんと孫の共通の話は、こういう北の生物のことや天体のことだ。満月近い月がやたら大きく見える。少年につきあってここまで来たが、暑い都会の家で、不眠症で寝られない苦しい夜が続いていたのと比べると、こういう自然の音しか聞こえないところに来たのはぼくにも正解だった。

翌日は嵐だった。このような家を山の上に建ててよかった、と久しぶりに思った。

例の日本列島を縦断したやつだが、テレビもラジオもなく新聞も来ないので、そのときはソレが台風なのか単なる北の低気圧通過なのかまったくわからなかった。山の上だからこういうときはまわり中の木々が猛烈に風に騒ぎ、堅牢に造ってあるはずの家もどこかから隙間風が入ってくるようでいろんな音がする。真冬はマイナス二〇度ぐらいになるから冬の嵐が来たら考えなければ。

背の高い木が魔女の絶叫みたいな音を立てる。この風雨の正体を知るために東京の自宅に電話してツマに「何なのか」聞いた。

「台風よ。あら、そっちまで行ってるの」と、まことに呑気《のんき》だ。

停電になると少年がいる手前まずいな、と思って懐中電灯をあちこち捜すが、そういうものはツマが管理している。したがってそれがどこかわからない。やっと捜しあてると電池が抜かれていた。

長期に留守にするときはそれは正しい対処だが、今度は買い置きの電池がどこかわからない。またあちこち引き出しやら扉やら開けてなんとか見つけて点灯ＯＫ。もうひとつぼくの机の上にヘッドランプがあるのを見つけた。これも電池は抜いてあり、それ用の単三電池もすぐに見つかったが、こっちは点かない。ＦＡＸのようなフクザツなものが壊れるのは仕方ないような気もするが（でもよく考えると使っていないのになぜ壊れるのか？）ヘッドランプのような単純なものが使わないでいて壊れるのはよくわからない。なんでも年数を経ると壊れてしまう、ということをわが身をもって納得する。

別棟のガレージの屋根裏部屋のどこかにもっと大きな工事で使うようなサーチライト系の電池式ライトがあったのを思いだし、それを捜しに行ったが、ガレージ小屋に入るカギがどれなのかわからない。外は部屋で聞くより大きな音と雨だ。ますますそのサーチライト系のライトが重要であることがわかる。しかしカギがないのだ。

玄関横に止めてあったレンタカーに強風で飛んできた木片などがぶつかって、小さなキズがつき、返すときにアレヤコレヤ言われるのは嫌だし、これはますますガレージに入れるべきだ。

結果的にカギは見つからず、またツマに電話したが、カギは我々が出掛けるときに渡したもので全部だ、という。ガレージをあきらめクルマを母屋の一番風の直撃を受けない場所に移動させた。いやはや、こういうときはテレビやラジオが必要である。台風が来るなんて知らなかったぞ。

びしょ濡《ぬ》れになって家の中に戻ると、孫坊主がやはり絶え間ない魔女の悲鳴のような音が気になるのか心配顔で玄関のところに立って待っていた。

その少しあとに孫少年の父（ぼくの息子）から電話があり、こちらの状況を聞いてきた。「まあ問題ない」と答えた。少年に「父親と電話代わるか？」と聞いたら「とくに話はないよ」とつれない返事だ。彼にそう伝えると、ちょっとがっかりした気配だったが「じゃ明日にでもまた」と言って電話を切った。

このくらいの年頃の少年とその父親はこうなんだよな、とぼくは遠い昔のぼくと息子のその時代の頃を思いだす。

少年坊主は居間で本を読み続け、ぼくは仕事の続きに入ったが、なかなか書き出せない。『あらしのよるに』という本があったな、とウイスキーを飲んで考えたりしていた。

危機意識、危機管理

数年前に川の中州でキャンプしていた親子グループが増水した川によって流される事故にあった。かなりの人数だった。

今年はその近くのやはり中州を利用して「アドベンチャー気分を味わえる」というのを〝売り〟にしたキャンプ場で痛ましい事故があった。

あの事故の内容を新聞などで読むと、キャンプ場を作った人も、その管理人も、そして気の毒ながら事故にあった家族も、みんな川のキャンプについて何も理解していなかったんだろうな、ということがわかる。

それから日本にめったにない「アドベンチャー」気分になれる道具や装置を、売らんかな主義で売りまくる多くの関連メーカーも、みんな共同責任のような気がする。

まず、四輪駆動のオフロード車が走るのに適した道は日本にあまりない。道はみんなくまなく山の奥まで整備されてしまったからだ。だからオフロード車の愛好家たちはわざわざ用もないのに日本の奥地に行って、川原を走り、行く必要のない渡河などを盛大に水しぶき散らしてやっているらしい。

外国の奥地でダートなルートをいっぱい行ったけれど、現地運転手はみんなかなり慎重だった。そういう現場に比べると日本のアドベンチャーはバーチャル、もしくは遊園地レベルのような気がする。だから、本当の危機感や、それに対する自己防衛の意識は、住民レベルでは殆どない。そういうことが、かえって怖い。

そのあと起きた、長く居据わっていた低気圧による主に西日本各地の崖崩れや土石流による驚くほど沢山の人々が被災した事故も専門家が事前に現地を見ていたら、豪雨が長引くことによってあのような危機を予測できたのかもしれない。

ぼくはかなり日本の海岸べりや山奥の川沿い、孤島といっていいような島などでキャンプをしてきたが、四万十川の山奥に住む人が「わたしの人生で知るかぎり一度も川水がかぶさったのを見たことないけん」という保証つきのところ以外、川の中州にキャンプを張ったことはない。

そこは中州というより川のなかの島というどっしり感があったが、それでも夜中に起きて小便などしているとき、左右の川の流れの力の強さ、激しさというものが闇で様子がよく見えないぶん、かえってより恐怖的に感じたものだ。最初のうちはそういう中州にキャンプしていて水が増してきたら、そこまで乗ってきたカヌーで逃げればいいや、などと軽く考えていたが、ひとたび荒れた川に夜中にカヌーで突っ込んだら十分も生きられないだろう、ということが感覚的にわかる。

奥アマゾンの筏《いかだ》の上に泊まったときは、夜半に筏の端で立ち小便などしていると、四メートルはあるピンクイルカや黒イルカがわざと脅すようにしてすぐそばでドッパーンとジャンプしたりして川は荒れていなくてもとても夜の川にカヌーなどで出ていく気にならない。それに昼間アマゾン川に飛び込んでわかったのは、川の水が土の細かい粒子に満ちていて、流れそのものにものすごい圧力があるということだった。それは筏に泳いで戻ろうとしたときに知った。水泳は得意だったので、そういうことをよく確かめずに飛び込んでしまった自分の無知が情けなかった。知識と用心深さは、どんなフィールドでもあらゆるアウトドアの現場で試されている。

川はどこでも怖い。日本のように急峻《きゆうしゆん》な山肌を流れ落ちる小さな川はとくに危険だ。日本には三万五千本の川があるという。その多くは細くて短い川だが、源流は山奥になるので短い時間でも集中豪雨となると水かさが急増し、そのイキオイが加速度的だ。それが怖い。

電車やクルマで山沿いを行くとき、こんなところまでよくまあ、と思うくらい山の上のほうまで人家が建てられているのに驚く。日本独特の風景だ。

夏野菜の葉や蔓《つる》みたいに山肌をどんどん這《は》いのぼるようにして人家がぐんぐん〝登

山〟している。これも風景として怖い。

日本という国に人が多すぎる、ということと、それらの人々に向けてずんずん山肌をのぼるような宅地開発をする業者がいっぱいいる、ということだろうか。

その集団宅地造成地の真ん中に川が流れていたりしたら、宅地造成販売業者としては絶好の〝売り物〟になる。山の奥地に行けば行くほど川はきれいだ。でもそれはとてつもないゲリラ豪雨などが来ないとき、にかぎるけれど。だからこれからそういう宅地造成地を買おうと思っている人は決める前に豪雨のときに現地を見に行くべきだろう。雨中登山みたいになるからあまりの凄さに現地に到達できない、ということもあり得るだろうけれど、それはそれで参考になる。

川がなくても降り続く雨によって土壌そのものが水の飽和状態になって崩れ落ちる、という事故などは、誰も予測しなかったし、もしそうなるとわかっても防ぎきれない。せめて危険地帯に住んでいる人間だけでも脱出するチャンスがあればと思うのだが。そういうことでいえば三・一一の「地震」とそれに続く「津波」と同じような構造になる。あのすさまじい災害以来、海べりに住む人には「脅威と防備」について具体的な意識が芽生えてきた。

日本はひとまわり海に囲まれているので山と同じように海にも慣れてしまい、それらがひとたび暴れだしたら、ということに対して具体的にも精神的にも防備の意識があまりなかった。

釣りに毎月一回は行くのでよくわかるのだが、磯《いそ》から釣るのでも船から釣るのでも、日本の漁村はどこもめちゃくちゃ無防備にみえる。山国日本は海べりまで山裾がせりだしてきて、その山裾と山裾の間に、例えば馬蹄形《ばていけい》のようになった地形のところに漁村や町が形づくられている、という形式が一番多い。

釣りから帰ってくる漁船の上からそういう風景を見ていると、ここに三・一一級の津波が来たらこの漁村はそっくり持っていかれるんじゃないか、と確信できる。

地震国の海から見ていて安全に思えるのは村の左右を囲む山裾（多くはそれは岬のようになる）の上をタイラにしてそこに新たな集落をつくるしか避ける方法はないように思う。げんに二〇一一年に被災した東日本各地の漁村や町では、岬のように海にのびている山裾の間に町があったところがごっそり持っていかれている、という風景をいくつも見た。

一部の人のために山を切り開き破壊していくゴルフ場は嫌いだが、その開発ノウハウを生かして日本の海べりの町を全部山の上に持っていく、という計画は空論なのだろうか。

うどん国突撃隊

とてつもなく暑かったこの夏、ぼくはソーメンで生きのびてきた。それ以外のものは食う気にならなかったのだ。しかしソーメンはソト（どこかの店という意味ね）で食ってはいけない。おいしいコトはまずないからだ。

だいたいどこでソーメンを扱っているかわからない。ラーメンやうどんのように専門店、というものがない。

「ソーメン専門チェーン店」なんて聞いたことありますか。

そば屋とか大衆食堂なんてのが暑い季節になると壁に貼ったメニューのはしっこのほうに自信なさげにそっと書いてある。作って出すほうも「きっとまずいだろうなあ」と思っている、どうしてもその態度がメニューにあらわれる。そうして本当にまずい。

以前、仕事がらみで地方のそば屋でどうしてもソーメンを食わなければならなかった。どうしたらこんなにまずいものを作れるのだろう、と思うくらいまずかった。

ダシというかタレというか、あれが駄目なのだ。化学調味料の組み合わせのみで作っているような市販の既製品を使っているところが多い。理科の実験のようだ。ソーメンそのものはパッケージに「手延べ」とか「自然乾燥」とかいろいろ工夫のほどを語っているのに、タレ業界が真剣に取り組んでいないのだ。日本のソーメンの未来は暗い。

ぼくは、家でタレを作ってもらっている。上質のダシ昆布とかつおぶしで丁寧に作る。いっぺんに二リットルぐらい作り、フリーザーに入れて冷凍しておく。

食べるときはヤクミを工夫する。ぼくは基本が梅干しだ。鉢に中くらいの梅干しを一個入れ、こまかく切ったワケギ、千切りの生姜《しょうが》、千切りの海苔《のり》、千切りの紫蘇《しそ》──の千切り一族を用意しておく。ときに椎茸《しいたけ》やニンジンの煮たもの。

これらを用意して全国各地のソーメンを食べ、今年の異常に暑いバカ夏とたたかってきた。ソーメンだけではなく徳島県名産の「半田《はんだ》めん」が今年わが食卓にデビューし、一躍高い評価を得た（ま、ぼくが騒いでいるだけだが）。ソーメンより少し太く、モチモチ感が頼もしい。箱ごと取り寄せることにした。

このようにして、今年の一番暑い頃、ぼくは自宅や北海道のカクレガに閉じこもってソーメンで生きてきたのだ。もちろんこれだけでは栄養バランス、何よりもたんぱく質パワーが足りないので、時々肉や大量の野菜などを食った。

で、まあ今回はソーメンは自宅で食べるのにかぎる、という話をしているのだが、一泊二日で小豆島《しょうどしま》に行き、昨夜帰ってきた。この島に行くのははじめてのことだった。ソーメンが売り物になっている。

「どうせ駄目だろう」と思って居酒屋で、酒の最後に注文したら、なんとうまい！ソーメンの茹《ゆ》でかげんは当然のこと、タレがやわらかいわりには主張があって、きっぱりちゃんとうまいのだ。ずっとむかしからソーメンを売り物にしていたのはダテではなかったのだ。

話はさかのぼっていくが（別に意味はなくですね）小豆島に行くには高松を経由して行く。連絡船ですね。

高松といったら「うどん」でこれはもう県民食といっていい。我々は六人の取材チームだったが、なかにひとり高知人（ニューギニア高地人に似ているが違うのね）がいて、いま東京でも流行《はや》りはじめているセルフ形式の店に連れていってくれた。

このテの店は常に行列ができているが回転が早いから苦にならない。高知人の指導のもと、ここのトッピングは「チクワと半熟タマゴの天ぷら」という緊急伝達があってみんなそれを注文した。

最初に麺のタマを一、一・五、二、三、四のいずれかを基本として申告する。「一」とは「ひとたま」である。我々新規チームはみんな「二」を注文していたが、地元らしき風体でとりわけ太っている人が「四」を注文していた。「四」といったら「よんたま」でっせ。「うひゃあ」

チクワの天ぷらは長いのをタテに半切りにしたもの。ヤクミとタレをかけて全体を少しかきまわして食う。茹でたての「うどん」だからうまいに決まっているが、ここにチクワとタマゴの天ぷらがうどんにいい絡みかたをしてくる。

半熟タマゴの天ぷらとは意表をついているが、これを箸でふたつに割ってあつあつうどんに混入させるとうまいのなんの。感心しているとぼくの席の斜め前にさっき「四」と言った人が座っている。その人の目の前にひときわ大きなドンブリがあり、まさしくあれは「うどん四タマであるな」と納得させる白いものがどんぶりからいまにもこぼれ落ちそうに盛り上がっている。

この人は天ぷらのようなトッピングはいっさいなく、うどん山のてっぺんに醤油《しょうゆ》をぐるっとたらしてそれで食っている。

「ぶっかけの大盛り、です」

高知人が低い声で解説してくれる。

「うどん食いの基本のひとつです。あのヒトはうどんを飲みます。ススルのではなく、うどんを飲むのです」

「飲む?」

「高松のヒトはうどんを飲み物と思っています」

「噛《か》んじゃだめ？」

「飲み物ですからね。ビール噛みますか？」

黙ってうなずくしかない。

そうしてそのあとあらたに四人の取材チームが加わって仕事をし、帰りの空港となった。話の時間軸がいろいろフクザツになっているが、必要があってそうしているのではなく、整理するのが面倒になっているだけである。あとから来た四人は我々のうどんざんまいを悔しがっている。そこで空港にある居酒屋に各種うどんがあるのを発見し「うどんうどん」と叫びながら十人でどどどっと突入した。こうなるとうどん食い決死隊である。

ぼくはもうプロであるから一番シンプルかついちばんうまい「かまたまやま」を注文。釜《かま》あげうどんに生タマゴ、とろろをのせて少しのタレでかき回してあとは食う（いや、飲む）だけ。新参四人はなんだかいろんなものをゴテゴテのせたのを注文した。

「あんたたち聞きなさい。いちばんうまいのは、まずうどんだけを頼むことです。しかもうどんを噛んじゃいけません。飲むのです」

ぼくはエラそうに言った。

「で、二杯目は好きなように。でも最初は飲むうどんを頼みなさい。噛んだら駄目です」

「噛んじゃいけない？　鵜《う》みたいだ」

「噛んだらおしまいです。それでも噛みますか？　人間やめますか？」

ナイロビと銀座

アフリカ、サファリの旅に出てキリマンジャロに登頂したときはじめて高山病になった。高山病は頭がモーレツに痛くなり、全身の力が弱まっていくが、このときできるかぎり無理をして山小屋よりさらに高度三〇〇〇メートルぐらい登った。これは辛《つら》い。あまり無理をすると死ぬこともあるという。もう限界、と思うところで降りてきて山小屋で寝ると翌日回復している。友人の登山家に教えてもらった技だ。

このときイタリア人のチームとドイツ人のチームと常に競り合っていた。途中三箇所の小屋を経由していくが、小屋で酒を飲んでいるのは我々日本人チームとイタリア人チームだけだった。ドイツ人はいかにも厳格で、国ごとの違いがよくわかって面白かった。

登山チームが国ごとに集結することが多いのは、国による価値観や習性が似ていたほうがやりやすいからなんだろうな、とそのとき思った。

キリマンジャロのあとサファリの野生動物を見ながら歩いた。そのとき動物たちも同じ種類で集まっている、ということを目の当たりにし、人間も動物も習性は一緒なんだな、と改めて思った。動物たちは人間という異質なものの闖入《ちんにゅう》を鋭敏に意識しつつも、人間が何かしないかぎり襲ってくることはない。緊張感のなかのとりあえずの（保証のない）安全。なんだか今の国際社会みたいだ。

ナイロビに到着し、街のレストランでビールやウイスキーなどを飲んだ。もういきなりライオンに襲われることはないし、マサイ族に槍《やり》を投げつけられることもない安全圏に戻ってきたのだ。我々は四人チームだったがみんなそう言って笑いあった。

いい気分でホテルまで歩いて帰った。かなり暗い盛り場（日本が世界でも明るすぎるのだが）には沢山の色の黒い人が歩き回っている。そうしてこのとき一番車道側を歩いていた我々の仲間の一人がひったくりにあった。いきなり後ろから走ってきたすばしこい男が友人の持っていた小さなバッグを奪ってフットボールの球のようにその道の先を走っているやつに放り投げ、リレーされていった。我々は走って追いかけたがやつらは路地でドアを開けて待っていたクルマに飛び込むとフルスピードで去っていった。映画みたいだった。

あたりはちょっとした騒ぎになっていたが、一人の男が手にマジックで数字を書いたのを見せてくれた。いま逃亡したクルマのナンバーと言ってすぐ去っていったが、まったくデタラメでそいつもかっぱらいの仲間だったのだ。四人ぐらいのおそらく常習のカッパライチームは、我々が店に入る当初から獲物として狙っていたのだと、あとでわかった。かなりのものをとられた。

これはおれたちの完全な油断で、アフリカは昼の野生動物の世界よりも、夜の人間社会のほうがはるかに危険なのだ、ということを厳しく学んだ。同時に自分らは日本というヌルイ国に住んでいるのだ、ということをまたもや自覚した。あれでやつらの逃亡寸前のクルマに追いついたりしたら何かの武器で殺されていたのかもしれない。安堵と酒は他民族のなかでは危険、ということを知った。

それまでの間も、たとえばフィリピンやタイなどのちょっとしたデンジャラスゾーンを行くときは現地の人と同じように適当なヨレヨレパンツにビーチサンダル、その上に古着屋で買った現地風の半袖シャツをだらんとはおって、パンツの尻ポケットに現地の新聞などを突っ込んでだらしなく歩いていれば、すぐ雑踏に同化してしまう。

とくにぼくなど天然パーマで色黒だからモンゴルでもチベットでもネパールでも現地人化はたやすい。どんなところでもいかにもお金がなさそうな腹ペコ顔をしているのも得意技だ。この同化カムフラージュ作戦は昆虫や動物の擬態に通じるかもしれない。ただし昆虫や動物は独特の動物本能や匂いなどで敵、味方をかぎわける能力をもっているから、人間よりははるかに強い。

外国で団体旅行のチームを見ると欧州諸国やスラブ系、北米系、それから肌の色でわかる国以外は、国ごとに正確にどこかはなかなかわからない。逆に欧米系の外国人から見ると日本人も韓国人も中国人も顔つきや風体で「国」の区別は殆どつかないだろう。アジアのあのへんの人たち、という程度の認識で見ている筈だ。

アジアの団体客に共通しているのはみんな「身綺麗《みぎれい》」なことだろうか。日本人のぼくの目から見るとそれぞれの国の違いはそれでなんとなくわかる。顔の種類は日本も韓国も中国も殆ど同じように見えるが、でも数人集まっていると全体の雰囲気で、国の区別がついてくる。不思議だが。

これは昆虫の生態と似ているところがある。昆虫はカガミや写真を持っていないのでそれぞれが自分の姿を知らないけれど、グループを見て、自分がその仲間だ、ということを認識してしまう。これは昆虫同士の匂いやフェロモンが認識のキメテになっているのだろうが、人間も同じようなところがある筈だ。知らない国では、不安だし、物騒だから、みんなで集まりたがる、という行動は昆虫や野生動物と一緒だ。

これから日本には外国人観光客がさらに増えていくらしい。つい先日、久しぶりに銀座に行ったが十年ほど勤めていた銀座はまるで変わっていて、馴染《なじ》みの店というのが一軒もなくなってしまった。いいなあ、と思うこぢんまりとしたビアレストランなどがすぐになくなってしまうのだ。

四丁目付近の店は外国資本のものが幅をきかせ、ぼくには興味も魅力も感じない高級ファッション店のようなものばかりが表通りに増えてきた。聞けばますます増大するだろう外国人の観光客相手の店なのだという。

考えてみると東京は外国人観光客から見たら世界一安全な都市だろう。ヘビも毒蜘蛛《どくぐも》もいないし、ナイロビみたいに、店に入るところからそのグループを狙うチームワークと辛抱強さをもった悪党チームもいない。

日本のレストランや寿司屋《すしや》などの食べ物は単価でいうと世界一高いそうだが、保証された衛生と安全と居ごこちのよさが加味されている価格だろう。

「痴漢」という行為や概念や言葉はよその国にないらしい。痴漢ではなく「強姦《ごうかん》」になってしまうのだ。満員電車の混雑に乗じて女の尻などをひそかに触る、などという要するにセコくてナサケナイ犯罪行為は、日本人だけのものらしい。

これはアフリカのサファリなどにはまず生息していない変態生物だ。このことはまだあまり外国人に気付かれていないようだけれど案外、こんなのが日本人を代表する民族性であるのかもしれない。

5 秋ふかし老人ぶつぶつ日記

胃カメラを飲んできた

年に一回、人間ドックを受ける。自分のためとはいえやはり気が重いですな。前の日は九時までしか飲み食いできない。まあ夜はあまり食べなくなってしまったのでそれはいいのだけれど、今回は十一時までサケを飲んでいた。

ここ数年、飲まない日はない。日によって種類や量は違うけれど、世の中が暗くなるとなにか理由つけて仲間とサケだ。

それでいいんだか悪いんだか、近頃サケにあまり酔わない。酔っぱらったなあ、と思った記憶は若い頃だけだ。だから余計飲む。今年はとくにいろんなイベントが続いて飲む機会がやたら増えてしまったし。

友人らにちょっと深刻な病気が発覚している。ガンが一番多いけれど、糖尿とか前立腺といった成人病がいよいよ身近になってきた。昨年の人間ドックまで、まあ、なんとか無罪放免で帰宅したが、今年あたりはそろそろヤバイんじゃないかなあ、という漠然とした不安がある。そういう気持ちで品川にあるいつもの大きな病院に行った。朝八時半受付だから八時にはクルマで家を出る。二十分ぐらいで着いてしまった。その病院は一般の入院患者、通院患者とは別に人間ドックだけの受付と待合室があるので、いつも大体三十人ぐらいの検査の人がもうそのくらいの時間から受付カウンターの近くにいる。大体一日がかりなのだ。

ぼくはその日、八番目だった。もうさっさと悪いところを見つけてもらって切るなり焼くなりしてくれえ、とニワトリみたいな気分になっている。人によって検査の順番が違うがその日、ぼくはMRAが最初だった。

十年ぐらい前は閉所恐怖症気味のぼくはこれが嫌だった。体や頭をある程度拘束されて大きな穴の中に頭から入っていく。

あれええ。

という気分だったが慣れというのはたいしたもので、最近はまるで平気になってしまった。それにしてもあの中に入っていると沢山の森の小人が出てきて太鼓を叩《たた》いたりカネを叩いたりして遊んでいるとしか思えない派手な騒々しさで、おめーらいったい何してんだ、そんなことで脳のなにかがどうして分かるんだ！　と疑問に思うのだが、あるときMRIの仕組みという科学書を読んで、やっぱり大変な仕事してんだ、と納得した。

これが十五分。それから順序はいろいろだが、とにかくあっちこっち回ってかなりの項目の検査をしていく。身長、体重、体脂肪、視力、聴力、血圧、血液採取、肺活量。この肺活量測定のときにいつも笑ってしまってぼく自身は実は困るのだが、測定するおばさんが「はい、息を吸って、そこから大きく吐いて、吐いて、吐いて、ぐーっと吐いて、まだ吐いて!」ともの凄《すご》いパワーでなんとしても沢山の量を吐かせようとする。

ぼくはあまり真剣にやらないので「あなたなんかもっと吐けるのに。もう一度やりますか」などと言われる。ぼくは肺活量がそんなになくてもいいと思っているので、こんなことで顔を真っ赤にして頑張らなくても、と思い適当にやっている。それが見破られてしまうみたいだ。しかし肺活量の検査っていったい何のためにやるのだろうか、よくわからない。人生普通に呼吸ができればいいや、と思っているからなあ。

もっとおかしかったのは人間ドックに初めて行った十年ほど前、ぼくは初めて聴力検査を受けた。でもそのときの検査担当のおねーさんが肺活量のヒトより仕事熱心ではなかったのか、あの電話ボックスみたいな検査箱に入る前に、妙に小さな声でゴニョゴニョ何か説明し、押しボタンのようなものを渡してヘッドフォンをかぶせさっさと箱の中にぼくを入れた。

何をどうすればよいかよくわかっていないぼくは箱の中に入って押しボタンを握ってずっと座っていた。やがてヘッドフォンから何かを指示する声が聞こえてくるのだろうと思ってそのまま待っていたら「ハイ、終わりました」と戸を開けられた。そのときの結果はぼくの聴力は左右ともゼロであった。ああいう検査、あまりやる気のある検査係もやる気のない検査係も困りものじゃないかなあ。

心電図、エコー、と進んでいよいよ胃カメラとなった。何回やってもこれは迫力がありますな。ぼくは喉からカメラ入れたときの「ウゲー感」がいやなので、鼻の穴から入れてもらうようにしている。今の胃カメラのコードはすばらしく細くなっていて、弱い電気コードぐらいだ。ぼくも思いきり鼻の穴を広げて「ブタ鼻化」して待っている。

先端のライトが光って空気を胃に入れるためにシュウシュウいっているのが近づいてくるとちょっとエイリアンの第二の顔みたいだが、いつもぼくを処置してくれる医師は腕が良く、すっと入っていってたちまち食道に到達だ。冒頭述べたようにこのところぼくのまわりで増えている食道ガンはこういう検査で見つかるのだろう。カメラの角度を変えるためかコードをいろいろに捩《ねじ》り、写真を撮っているのがわかる。このとき、あまり長く一か所に停滞して、医者が「う?」とか「あっ」とか「ひぇ」などと言ったりするとこっちの動悸《どうき》は激しくなるのだが、無事に通過。今度は胃のほうを探索しているのがわかる。ピロリ菌の大群がフナムシみたいに「わっ」と逃げていく、というこれも大変オソロシイ妄想にくらくらする瞬間だ。

十分ほどで終了。

「気になるものは何もないですね」

神のような医師のおことば。

帰りがけにコンピューター画面に並んでいるぼくの食道や胃のかなりさわやかに赤い映像を見てしまった。

この胃カメラもやがてカプセルのようなものを飲むとそれが食道から胃方向に勝手に移動していき、撮影データそのほかを送ってくるというとても簡単なものになる、という話を科学雑誌で読んだことがある。

以前も書いたが五十年ぐらい前に『ミクロの決死圏』という映画があって、人間をそれこそミクロン単位に縮小し、それの数人が乗る探査機のようなもので人間の体内に入っていく、当時としてはすんごい映像が話題になった。血管の血流やもの凄い音のする肺の中などに、さながら異次元宇宙探索のように遊泳していく。体内に闖入《ちんにゆう》してきた異物を襲う（本当は人間の味方の）自衛攻撃細胞が攻めてくるシーンがよかった。あれで大腸、直腸方面に進んでいったらウンコまみれで出てくるのだろうか、しばらく気になっていた。

午後には医師による総合判定がでる。ガンも成人病もなかった。肝臓も元気。その夜はいつもよりさらに飲んでしまった。

火星のロビンソン

大勢の人に親しまれた物語には「ワンアイデア・ワンストーリー」もの、というのがあって、一つの奇抜で強烈なアイデアから作られた話は、それ一作でおわり。設定を真似《まね》したものは亜流、贋作《がんさく》、二番煎じということになって最初からB級扱いとなる。


『ガリバー旅行記』

『透明人間』

『ロビンソン・クルーソー』


などがそれの代表的なものである。

日本の春画に「女ガリバー」ものがあると聞いて取り寄せたが、浜辺にゴジラ級の人間の女が素っ裸であがってきている。そのまわりに驚いた漁師たちがいっぱいいて、春画だから、それなりにグロテスクかつお笑いエロの設定がある。ただしその一枚で話はおわりだからそんなに面白いわけではない。

そのほかには、とり・みき、という個性的なマンガ家による、超巨大な「天才バカボンのパパ」が浜辺に流れ着く、という一編がある。会話も説明も少なく、なにやら不思議な哀感まであって、ぼくの好きな作品だ。

透明人間はH・G・ウェルズが書いてから、このアイデアはさしたる贋作も生まれなかったが、一九八七年に発表された『透明人間の告白』（H・F・セイント）という小説はもはや贋作のレベルではなく、SFとしてはこちらのほうが優れているくらいだった。本来の透明人間はヒーローのような存在として話が作られていたが〝告白〟のほうは、透明人間ほど面倒で生きにくい状態はない、というぼやきと苦しい生活感で描かれている。人にぶつかっては面倒が起きるから混んだ歩道はおどおどしながら隅っこのほうを歩いていくしかない。歩道からいきなり車道に出たら、誰にも見えない存在なのだからすぐにクルマに轢《ひ》かれてしまっても文句はいえない。エレベーターなどには絶対乗れない。

空腹であっても食い物を買うこともできない。そういう「透明人間はつらいよ」という視点で貫かれた、不思議に現実感のあるすばらしい作品だった。

ワンアイデア物語も、優れた視点と発想で継続されていくのだ、ということをこの作品によって嬉《うれ》しく知った。

ところで透明人間には、決定的な「存在不可能」の問題がある。透明人間は、視力がない、という指摘があるのだ。眼の構造を考えるとすぐにわかる。まあしかしそういうことにケチをつけていたら小説は楽しめない、ということでもあるのだが。ロビンソン・クルーソーは有名な『スイスのロビンソン』（ヨハン・ダビット・ウィース）をはじめ、場所や状況をかえた贋作レベルのものがたくさんある。それなりに面白いが、ここにきて漸《ようや》く本家のロビンソンを時代と発想で凌駕《りょうが》した傑作が登場した。発売されたばかりだが『火星の人』（アンディ・ウィアー、小野田和子訳／早川書房）がそれである。

完全なハードSFだ。けれど設定に非常にリアリティがあって、科学的な背景の説明や状況解説がいっぱい出てくるのだが、それらの用語や仕組みがよくわからなくても、こういう状況になったら、こういう対応を強いられていくことになるのだ、ということを知らず知らずのうちに納得して読んでいる自分を知る。

この感覚は少し前に公開されてそのあまりの凄《すさ》まじい迫力が話題になったアメリカ映画『ゼロ・グラビティ』を見たときに全編で感じたものとよく似ている。あの映画を見て強く感じたのは、これはSFではなく「現代の宇宙で起こりえる話なのだ」という厳しいリアリティであった。

もちろん『火星の人』はNASAが現実的に、有人月着陸ミッションの延長線上に計画している有人火星探査をテーマにしたもので、数十年の未来の話だ。

火星まで飛んでいくロケットの推進システムやその全体のスケールなどもアポロ計画のときなどとは比べものにならないくらい進んでいる時代になっているが、物語の根幹は、まぎれもなく「火星のロビンソン」なのである。

この時代の火星まで飛んで行くロケットはアポロ計画のときとは比べ物にならないくらい巨大化しているし、地球から火星に到達するまで一年以上かかる。読んでいるとなんとなくわかってくるが、地球の衛星である「月」に行くのと違って太陽系の別惑星に行くのだから、ロケットを打ち上げるタイミングを一日でも変えてしまうと、その航続距離も時間もまるで違ってしまう、という厳しい現実がある。いろいろな事故が重なって、この小説は、火星に一人残されてしまった宇宙飛行士が火星探索ミッションで使う筈《はず》だった様々な機材や、残留物質を知恵と根性で活用し、次のミッションでやってくる(一年以上先の)有人ロケットを待ってそれに乗って生還するため、なんとかやりくりして生きていこうとする、状況としてこれほど厳しいことはない極限サバイバルの物語である。

未来には実用化されているだろういろいろな専門装置やテクノロジーが頻繁に語られ、使われていくので、このへんの専門知識にうとい者には、正直な話、その宇宙ロビンソンが今なんの機械や装置で何をしているのかよくわからないところがいっぱいある。

でも、それらをいちいち理解しようとしなくても、いや、できなくても、読者は宇宙ロビンソンの奮闘にハラハラドキドキしていればいいのである。

そういう意味では遥《はる》かな未来に起きている完全なSFではあるけれど、今火星のどこかで起きている物語かもしれない、というふうにとらえてもあまり違和感がない。

初代ロビンソン・クルーソーの時代に比べて何よりも、この宇宙のロビンソンが大変なのは、生きていくための空気がまったくない不毛の惑星にいる、ということだ。食料も決定的に足りない。でもなんとかやっていく。

そのことだけでも、孤島とはいえ地球という人間生存の基本的な安定環境にいるロビンソンは恵まれていたのだなあ、ということに改めて気がつくのである。

二十代の頃からSFファンであったぼくはこれまで夥《おびただ》しい数のSFを読んできて、ぼく自身も他愛《たわい》のないSFを書いたりしているが、こういう作品を読むと、冒頭述べたように「ワンアイデア・ワンストーリー」というものも、まだまだSFというジャンルが持っている柔軟な思考や工夫によって「換骨奪胎」も含め、いくらでも「再生」できる余地があるのだなあ、ということに気づく。では自分も何かを……などとあたりを見回したりするのだが、なかなか本家を超えるものはそう簡単には見つからない、というのも本当のところなのである。

秋ふかし老人ぶつぶつ日記

ツマがまた長い旅に出た。今度は雲南《うんなん》省という。ここはまだびっくりするほど個性的な少数民族が部族ごとにむかしながらのしきたりと生き方をしているところで、ぼくは以前その地を舞台に『中国の鳥人』という小説を書き、それは映画化されたりした。現代の旅の場所としてはとても刺激的なところなので出発前にカッコよくツマに「いい旅を」などと言って送りだした。ぼくは五月にアイスランドにちょっと長旅をしているのでオアイコだ。

ツマの留守のあいだ一人で暮らすことになる。十年ぐらい前は、テキが二カ月出ようが五カ月の旅になろうが、自分もそんなことをしていたのでなんということもなかったが、最近はちょっと気分が違ってきている。

たぶん歳《とし》をとってきたからなのだろう、と思うが、朝めしが面倒くさい。仕事の関係で起きる時間はマチマチなのだが、ツマというものがいるとちゃんと朝食ができている。二日酔いなどの朝はいつものフツーの朝食が用意されているとすぐさま軟弱お粥《かゆ》方面に変えてもらったりしたが、思えばありがたいことだったのだ。

こういうコトが多いから季節ごとにいろいろ三食レシピを書いてくれたノートがあるが、最近は見る気もなく、ヨーグルトと濃い日本茶、などというわけのわからないもので朝めし終了という日もある。

午後、腹が減ったときになにか食えばいいのだ。それでいいのだ、などと天才バカボンの親父《おやじ》のようなことを言っている。不眠症気味で、寝る時間がめちゃくちゃなので、知らぬ間にヒルネしていて、そのたび午後の昼めしを忘れ、気がついたらその夜、新宿三丁目の居酒屋で仲間と飲んでいて、それが朝、昼、夜三食合同のつもりだったりするが、よく考えると店ではサケだけ飲んでいて肴《さかな》に頼んだのは湯豆腐を半分ぐらい。仲間がへずるから四分の一ぐらい。結局その日食った固形物は豆腐四分の一だけだったりする（豆腐を固形物というんだっけ）。

毎日ではないけれど、まあ極端にいうとそんな乱れた日々になる。

それでなくともこの春から小食がきわだってきたのでひところベストウエイトだった七二キロから今は六五キロぐらいに自然減量してしまった。ボクシングをやっていた若い頃のウエイトだ。

どこか消化器官系がおかしくなっているのかと二週間前に定例人間ドックに行って胃カメラ飲んだが異常なし、といわれたからやっぱりこれも老人性なのだろう。

もうソトでカツ丼を食う気はしないし、カレーライスの大盛りは頭に思いうかべるだけで満腹だ。毎日ウエイトトレーニング（床とタタカウだけ）をやっているから肩、胸、足、腹の筋肉は落ちないけれど、どうも最近尻の筋肉が落ちてきたような気がする。長い時間座って原稿を書いている生活だから、その変化は如実にわかる。座布団を二枚必要とする。

そうか、人間の体は尻の肉も大事なのだ。

しかしあそこは鍛えにくい。鍛えればずんずん厚くなるとも思えない。どうしたらいいのだ。

全身をバランスよく動かす、ということを考えた。それに一番適しているのが掃除、洗濯、炊事のようだ。まめにこまかく体を動かす必要があるからなあ。でも洗濯は五日にいっぺんやれば十分だし、ツマが出かけてからは三階にある書斎で仕事するとなにかと面倒なので二階に移してしまった。臨時退避所だ。同一フロアにキッチン、テーブル、食料、冷蔵庫、風呂、トイレなんでもある。疲れたらすぐ横たわれるソファもあり、結局そこで寝てしまったりしているから、全て一部屋で足りることになり、掃除するとしたらそのフロアだけでいいから簡単なのだ。そのうち自動掃除機ルンバとかいうのを買おうと思っている。

そうなると、結局「炊事」だけがマメな仕事になる。でも冒頭書いたように、炊事は好きなヒトとそうでないヒトではぜんぜん考え方が違う。

家にいるときは仕事をしているときでもテレビで野球を見ているときでも必ずサケを飲んでいる。その肴になるものがあれば、それで十分で、その肴は取り寄せてある日本でいちばんうまい青森の「サバの水煮缶」だったりする。世界で一番まずいフォアグラよりも世界で一番うまい「サバ」なのですよ。

で、その日も、一日まともになにか食べた記憶がないな、と気がついたりしたら、これも取り寄せの五島《ごとう》列島の椿《つばき》うどんを茹《ゆ》でる。このうどんはたいへんアバウトで（だから気に入っているのだが）最低五、六分茹でろ、と書いてあるが、あとは細火にしてずっと茹でていていいのだ。茹でたのを忘れてお湯が全部なくなってしまったことがあり、これは失敗。茹であがったのに生たまごをかけて讃岐《さぬき》醬油《じょうゆ》（少し薄く、味がついている）を少量入れてかきまわすとこれが名物「かまたま」になる。あっ、これしばらく前に書いてたかもしれないな。要は簡単でうまい。すぐサケに戻れる。夜十時すぎるとバーボンロックにしている。これも面倒でないからだ。ひと頃はビールのあとにワインだったがワインは栓をあけるのが面倒くさい。どんどん面倒になっていくのだ。これも老人性だろう。

これではツマが煩《うるさ》く言っていた野菜系摂取がゼロだろうなあ、とわかっているけれどウサギじゃないんだから一カ月ぐらい食わなくても平気だろう。

だいたいお昼ぐらいまで原稿仕事に集中しているから、ヒトと話をすることはない。携帯電話は出ない。

でも昨日の休日、近所に住む小学五年生の孫が午前中から遊びにきた。家族がそれぞれなにかの外せない行事があって一人になってしまったのでそっち行っていい、と聞いてきたのだ。この少年はほうっておけば静かに本を読んでいるのでまったく面倒がかからない。しかしツマと違うからめしは作ってくれない。逆にぼくが、少年のために昼と夜、ある程度まともなものを作ってやらねばならないが、これがけっこう楽しい。

昼はごはんを炊いてどこかで貰《もら》った高級ナントカカレーの缶詰をあけて、二人で食った。ぼくにとってもまともな昼めしだ。

夕方二人で街に買い物に出た。ぼくは久しぶりの外出。魚屋でキハダマグロの子供という脂のまったくないのを買ってきて、海苔《のり》手巻きにして食ったが、少年はおいしかったらしくモノも言わず三杯めしでマグロを全部平らげ、ウイスキーを飲んでいたぼくが気がついたときは全部食われていた。でもぼくにとっては変化のある楽しい夕食だった。主婦みたいだったし。

人生の秋に思う

ツマがちょっと長く行っているところはメイリーシュエシャン（梅山雪山。六七四〇メートル）という山で、中国の雲南省の奥のほうにある。カイラスと並ぶチベット仏教の聖山で、あまり一般的ではないからいろいろ神秘的なものに覆われているエリアだが、彼女がこの山に行くのは二回目だからあまり心配していない、と思っていた矢先に御嶽《おんたけ》山《さん》の噴火が起きた。山はこれがあるから怖い。

もう高山に入っているから音信は不通だが、聖山は活火山ではないようだ。しかし実際には雪崩《なだれ》が心配だ。まったくいい歳をしてそんなところへ行きやがって……と地上のぼくはやや怒っている。でもそのむかし、彼女はチベット五〇〇〇メートル地帯を馬で五カ月間も旅していた。そのあいだもまったく音信不通、つまり行方不明だった。

逃げた女房はどうでもいいが、今度の水蒸気爆発、本当は監督省庁は知っていた、というある記事を見て、昨今騒ぎになっている朝日新聞の「いやな感じ」の騒動を思い出した。

御嶽山はマグマの噴火ではなく水蒸気爆発だったが、ぼくはこの五月に火山国アイスランドでたくさんの水蒸気爆発の跡のクレーターを見てきたばかりだ。そのエリアのピークに立つと六つのクレーターがはっきり見え、月面旅行の気分だった。どこでどういう影響を受けるかわからないこういう爆発は、マグマの溢《あふ》れ流れる噴火より怖いような気がする。そんなことをいろいろ考えながらぼくは静かにこの秋、隠遁《いんとん》生活に入っていた。

いろんないきさつがあってこれから一カ月で一冊の本を書かねばならない。といってもレギュラーの各連載を休むわけにはいかないから、毎日とにかく家にこもって書く。すべてをルーティンワーク化し、一カ月の「綿密計画」を立てる。これまでにもときおりそういう事態に追い込まれていたから、まあかっこよくいえば、あとは粛々と仕事に立ちむかう、という日々なのだ。

問題は「めし」だ。都内に住んでいるから歩けば約五分でいろんな店があるが、どうも一人で知らない店に入るという勇気がなく、結局よく知っているところといえば新宿の馴染《なじ》みの居酒屋になってしまう。そこに行って誰か知った顔がいればすぐさま酒盛り方向に進んでしまい、一カ月の「綿密計画」は簡単に部分崩壊だ。

初期段階でのそれは避けたいから、新宿方向は見ないようにして家で自炊、というもっとも安全路線でいくことにした。

朝食は昼兼用のことが多い。問題は夜のめしだった。買い物もどうも苦手である。幸い、すぐ近くにわが事務所があり、そのスタッフにおかずを買ってきてもらうことができる。

近くの商店街に「おいしい」と評判のカツ屋さんがあり、そこで揚げたてロースカツと、細く切られていてすぐ食べられるキャベツたくさん。これは七時になったらビールとともに、と思っているのだが匂いをかいだらもうだめだ。しかも揚げたてそのものだから包みが温かい。

さっそく大きな皿とグラスとよく冷えたビールとソースを用意し、口から先にトンカツに迫るようにして食った。いやはやうまいです。ビールによく合います。

カツの包みの中にちゃんと芥子《からし》が入っているのを発見した。そうだ、これを「たっぷし」つけるともっといいのだ。

一口食べてビール一缶飲んだらテレビをつける。するともうリーグ戦終盤に入ったパ・リーグの試合をやっていた。ナイター見ながらトンカツ、ビール。世の中にこんなにシアワセなとりあわせはないではないか。少し前までは大相撲をやっていたので原稿仕事は五時で終了。相撲が終わると六時だから、そこでもう夕食前のビールに突入していた。

相撲は一時間見るだけだから、そのあとは早めの夕めしにして、また原稿の後半戦にいく、などという甘いことを考えていたが、そういう思想堅固、意志頑健な行動ができたのは四十代までのうちで、あの頃は夜中にウイスキーを飲みながらでも書いていたものだ。

今は、ビールとめしのあと、テレビをあちこち回して何か面白そうなものがあればソファに寝そべってバーボンロックに替え、惰性でダラダラ堕落していく。ウーム。「ダ」行の行動はどうもダメですね。

でも世間では会社勤めなんかの場合、もうとうに定年退職して好きな趣味などに余生を楽しむ歳にぼくもとうになっているのに、どうして我はこのように毎日残業状態になりつつ仕事をしていかねばならないのか。しかも休日とか定休日などというのはとくにないのだ、などと最近拗《す》ねる思考になった。大相撲などでも力士はやがて「力の限界を知りましたので」などといって引退していくではないか。

でも、実際のハナシ、自分がいま、たとえば長年勤めていた会社を定年退職して、毎日自由に自分の好きなことをしていいよ、と言われたら果たして何をしているだろうか、などということを考えると、ちょっとそれが思いつかない。その会社の仕事が好きだったら退職は寂しいものになるだろう。日本の会社の仕組みは残酷かもしれない、などということをそろそろ本格的になってきた秋の風のなかで思ったりしている。で、たぶんそうなるだろうな、と思ったのはぼくは引退してもやはり何か書いているだろうな、ということだった。

不規則な生活をしているから、いまだに突然真夜中に起きてしまうことがある。むかしは読みさしの本など読んでいるうちにいつのまにか寝てしまっていて、正しい朝を迎える、ということがあったが、最近わかってきたのは「眠る」にも体力がいる、ということだった。体は疲れているけれど眠りの続きに入れない。

そこで最近ぼくは、真夜中に眼がさめると思いきってそのまま起きてしまう。熱いお茶など飲んで、それから気がつくと原稿を書いている。今やっている原稿は一カ月で終わるかどうかという長い枚数だから、とにかくボーッとしている時間があったら書き進めておいたほうがあとあと楽だ。そうして無理に体を酷使しているうちに精神と体が疲れて、やがて何がなんだかわからなくなっていく。それもいいな、と思うのだ。

だからぼくは、盆栽やゴルフや囲碁、将棋の趣味はないけれど、強いていえば「原稿を書くこと」が一番好きなようだ。趣味「原稿を書くこと」というのは人生としていったいどうなんだろう。能力の限界を知りました、といってさっさと消えていくのが一番いいような気がするのだが。

台風に追われ続ける旅だった

十月に入って最初の週末は来年から始まるある雑誌の連載ルポの取材で、仙山線《せんざん》の「山寺《やまでら》」と仙石線《せんせき》が通る塩釜《しおがま》への二泊三日の旅だった。一年で一番いい季節に山と海のある土地へ。第一回目の取材だというので我々は六人のおとっつぁんチームだった。ということは二日間は「酒盛りの夜」ということだ。いや仕事がらみとはいえ申し訳ない。と、思ったら台風十八号がどんどん北上してきて半分は追われるような雨中取材だった。それでも観光客がいたるところにちゃんといるのに驚いた。若い女性の交じった十人前後の団体は大体中国人だ。どういうわけかみんな態度が大きいのですぐにわかる。服装もそれぞれ微妙に奇抜だし。

日本伝統の社員旅行などは今や殆《ほとん》ど絶滅状態らしいが、年配者中心で女性の割合が多い五、六人のグループは日本人。あとは宇宙人みたいなアホバカカップルだ。

今度の取材シリーズは震災地東北の復興途上の各地を歩き、元気な笑顔のある「北の国」を一年間、歩いてみよう、という主旨だ。

被災した人もわがチームにいるから、どうやって東北六県を歩くかその人にまかせた。

最初に行った仙台から山形までのルートは災害の影響はあまり受けなかったが、被災してこのあたりに一時避難してきた人々の仮設住宅がかなりある。その中に仮設のちょっとした商店街などがあり、賑《にぎ》わっていた。

なんとなく縁日のような様相でもあり、クルマなどが入ってこないので小さな子供たちが商店と商店のあいだの空間を好きなように走り回って昭和のような光景だ。

なかにはぼくを知っている人もいて、十年ぐらい前に仙台でやったサイン会の列に並んだのよ、とガッツのありそうな奥さんが言っていた。被災したが、こっちで乾物屋と魚屋を足したような店をやっており、それなりに繁盛している、と一家そろって笑顔だった。

そういう顔を求めていろいろ歩いたが、観光地をはずれるとなにしろ人々があまりいない。半分営業してるかしてないか、みたいな模型屋さんの前に中学生ぐらいの七、八人がいて、写真撮らせておくれ、と言ったら「写真撮ってネットにのせるのか、このおやじ」と言っていきなり喧嘩腰《けんかごし》になってくる映画ならばいかにも欲しいキャラクターの「ふとっちょ」がいたり、写真撮影に応じてくれた少年に「元気な顔を」と言ったらブルース・リーみたいな構えをするのもいて、映画『スタンド・バイ・ミー』みたいでなかなかよかった。行ってみないとどんな現場空気になっていてどんな写真が撮れるかわからなかったけれど、短い時間では正解だった。

山寺の観光地はどこも「こんにゃくダンゴ」を店先で売っていて、丸コンニャクが三個串《くし》に刺してあって百円。殆どの人が買っていた。醬油がしっかりしみ込んでいて、たっぷりカラシが効いてなかなかうまい。

その夜は偶然みつけた旨《うま》そうな寿司屋《すしや》に入って二階の座敷で夕食。とれたばかりのキメジマグロとサンマの刺し身がうまかった。六人もいるので、いちいちちゃんと料金を聞いて（メニューに値段が書いてない）高いマグロなどは一人二キレまで、というふうにみみっちく食べて、このつつましさがかえってうまかった。

翌週は福井県勝山《かつやま》市に向かった。今度は一人旅。新幹線で米原《まいばら》まで行ってここで「しらさぎ」に乗り換え、福井まで行く。今は列車のなかで原稿を書かないので最近は本を読んでいるかぼんやりしている。ぼんやりしているとしばしば眠りこんでしまう。以前乗り越してしまい、えらく焦ったことがあるので、最近は事務所のアシスタント嬢に、到着三分前に電話してもらうことにしている。

とくに今回は前日、新宿で遅くまで飲んでしまっていたので要注意だった。でもこれは「電話が来る」という自己テンションを頭のなかのどこかに作るようで居眠りしていても電話の来る前に自然に目を覚ます、という体内時計活性化にからんでいて成功している。

勝山市は、むかし日本全国の「おまつり」を取材しているときに偶然出会った「左義《さぎ》長《ちょう》まつり」が縁で通うようになった。櫓《やぐら》の上で男も女も子供も老人も長襦袢《ながジュバン》を着て無礼講で歌に太鼓にお囃子《はやし》を夜中まで続ける。雪国が春を迎える束の間《つかのま》「激しく賑やか、少しやるせない」祭りなのだった。

なんとなくフェデリコ・フェリーニの映画を連想した。観光客に媚《こ》びない、日本一のまつりだ、とぼくは確信し、その翌年、東京からバスを仕立てて四十人ぐらいの仲間と、この祭りを見に行くツアーなどを企て、勝山のいろんな人と親しくなっていった。

今度の旅は、この勝山市が二十年前から推進している「エコミュージアム」という運動にからむシンポジウムに出席するためだった。これは、自分らの住んでいる山河や遺跡や郷土の産物や伝統工芸などにもっと目を向けて、それを意識的にあるいは実質的に発掘していって（実際に恐竜の骨や歴史上重要な遺跡がたくさん出ている）それらを守り、町のタカラモノとして認識しよう、という考えに基づいている。この逆の発想に、ひところ流行《はや》ったわけのわからないテーマパークやら、金ばかりかけたわりには意図不明のモニュメント造りなどの乱立がある。思えばああした一過性のものは今や殆ど陳腐化している。

この勝山市に近づいていくと山々のあいだに太陽に光る九頭竜川《くずりゅうがわ》が見えてくる。ちょうどいま解禁になった鮎《あゆ》の沢山とれる美しい川だ。この風景がぼくは好きで、こういうのを汚さないでいく、というのもエコミュージアムの大切な思想なのだと思った。その夜は他県でも進められているエコミュージアム実践者や市民関係者が集まっての交流会だったがアトラクションとして、例の「左義長踊り」の名人（男女大人子供五十人ぐらい）による舞台再現があった。

五年ほど前に初めて見たときまだ幼児ぐらいだった子供がしっかり太鼓を叩くリーダーになっていたりして感動的だった。

テーブルの上には土地の料理が沢山並べられている。ぼくはその日、ギリギリに家を出たので朝から何も食べていなかった。この町のうまい里芋、沢庵煮《たくあんに》、ミニトマト、ずいき煮など沢山のゴチソーがあったが、ぼくにとって勝山のもうひとつの魅力は「辛味大根蕎麦《そば》」だ。いきなりこれが出てきたので欣喜雀躍《きんきじゃくやく》、続けざまに二杯も食べてしまった。

気持ちの弾む、ここちのいい「お囃子」を聞きながらうまい名産蕎麦を食う。しあわせな旅だったが、その翌日、なんと今度は超大型の台風十九号に追われるようにして急いで東京に帰らねばならなかった。

世襲政治という後進性

いろんな職業があるけれど、本当にその人にその職業が合っているのかどうかはわからない。まあそれなりに成功していて「いい人生だった」と思っている人も沢山いるだろうけれど、その逆の思いに悶々《もんもん》としながら生きてしまった、という人も当然いるだろう。

職業に「遺伝」はどう関係するのだろうか、とときどき思う。たとえば「学者」とか「医師」などだ。

医師の子息が「医師」というケースはよくある。これは子供の頃からの生活環境や、もしかすると親の「いいつけ」「しつけ」「教育」なんかも関係しているかもしれない。世間的にいって医師などは「いい職業」だろう。たいがいお金持ちであるし、まわりに尊敬されるし、状況によっては神のごとくあがめられることも多いだろう。だから親も自分の息子や娘に「将来医師になりなさい」などとたびたび言っている可能性がある。ぼくの友人に両親とも医師だったのがいて、そいつは、子供の頃から「自分は医者になるしかないんだ」などと、思いがけないことを言っていた。そして現に医師になった。

もう二十年以上会っていないから現在「医師になっておれの人生よかった」と思っているのかどうかはわからない。両親が医師だった場合、遺伝子の存在はかなりあるだろうし、生活、学習環境がそれを方向づけた、という可能性も大きいように思う。

「政治家」というのも親から子に受け継がれているケースが目につく。これも子供の頃からの生活環境がかなり大きいだろうが遺伝子のほうはよくわからない。現実的にはその人個人の資質などより親の「選挙地盤」とか「票田」などといった得体の知れないものの存在が大きく関係しているような気がする。だからよほどのことがないと普通のヒトは政治家に興味をもたないような気がする。

たとえば、まことにずうずうしい話、ぼくがもし政治家にならないかと言われたら、どんなにおいしいことを言われても絶対拒否する自信がある（たとえば、の話ですよ）。

嫌な理由はまず選挙だ。

日本の場合、スーツの上に自分の名前を書いたタスキをかけ、白手袋をし、しばしばハチマキまでして人々の前に立つ。なんとかかんとか政治的な信条なりを大声で言い、選挙区ならば誰にでも頭を下げ、あちこち走り回る。アレを見ただけで疲労感と嫌悪感がはしる。嫌なものを見てしまったな、という感覚だ。でもああいうのを乗り越えて毎年おびただしい数の政治家になりたい人が日本中を走りまわっている。男でも女でもあのいでたちや立ち居振るまいは悲惨に見えて仕方がない。

ぼくの住んでいるところなどでは区議選などのとき、絶叫があちこちまざりあい反響している。中野区と杉並区と渋谷区がそれぞれ一〇〇メートルぐらいに接近しているところだから、誰がどこの区の候補者なのかよくわからんのよ。わたし〇〇候補者がいまみずから自転車に乗ってこの通りを走っています。みずから自転車で走っております。

この「みずから」が圧倒的に恥ずかしい。もう、これはお笑いの世界ではないのだろうか。でもみんなこの異様なる修羅場をたたかって勝っていこうとする。

ああいう光景を見ていると「政治家」になると、きっととても「おいしい」コトがいっぱいあるんだろうなあ、と思わざるを得ない。でもいろいろ見ていると選挙運動での「公約」なんか殆ど守られていないコトが多い。

原発関係とか米軍基地移転問題なんか、とてつもないペテンが罷《まか》り通っている。ああいう選挙に当選したヒトはみんな自分の公約を忘れてしまうのだろうか。あるいは最初から信じていないのだろうか。政治家はとにかく「当選」しちまえばこっちのものだ的な構図が見えてくる。

世襲制度みたいなものは、ある部分でとても残酷なような気もする。親が政治家だから息子が娘が当然のようにそれを引き継ぐケースがとても多いけれど、はたして引き継ぐほうは本当に精神、体質、性格、可能性が政治家に向いていて、政治家を目指す日々の活動、思考が実に「嬉しく」「希望」と「栄光」にみちていると信じているのだろうか。政治家である親の「おいしい生活」ぶりをどんな感覚で見てきたか、その人の根源的な資質の差がずいぶん出るような気がする。

政治家が案外無関心だったり脇が甘くて失脚するケースでは「政治とカネ」の問題が常に続く。正しいありかたを子供の頃から、要するに帝王学のようにとことんたたき込まれた政治家の血縁継承をきちんとやってきた先人政治家がどのくらいいるのだろうか。

数年前に東京都知事が失脚したのもやはり「カネ」であった。あの人はぼくと同業の作家で日本ペンクラブなどで一緒に理事などやっていたが、向上心と闘争心の強い人なので「政治家に向いているのかな」と思っていたが、原稿用紙一枚イクライクラでやってきている我々個人的町工場のような作家業ではあのようなでっかい「アブク銭」の饗応《きようおう》に慣れていなかったのだろう。

ロッキード事件をはじめ日本の政治暗部で大きな問題が起きると、たいてい「金がらみ」だ。「地盤へのオブリゲーション」とか「既得権益の分配」とか、なんだかいつもざわついたカネが跋扈《ばつこ》している。

でも我々庶民は誰も国家や政治家の本当の金の動きは知っていないように思える。それをわかりやすく知らせてくれるメディアもうまく機能していないように見える。いつのまにか「なあなあ」で「政治家」になってしまう、という今日の曖昧なものを近代国家なら選挙法を変えるなどしてそろそろなんとかしてもらいたいものだ。

親の代から耕していた田んぼをわけもわからず耕しつづけているような継承政治家たちはそろそろ全員消えていただきたい。

消えた職業、消えた仕事

『週刊現代』の二〇一四年十一月一日号に「あと十年で『消える職業』『なくなる仕事』」などというなかなかショッキングなタイトルの記事が出ていて、興味深く読んだ。

ある教授のレポートをオックスフォード大学が認定したもので、国情が違うから厳密には日下の日本のそれとはあてはまらないところがいろいろありそうだが、基本的にはコンピューター技術の加速度的な発達によって、機械で用が足りそうな技術、システム、要員が不要になる、という産業構造上の変化が大きいようだ。主な無くなる仕事、職業も具体的に載っている。ホテルの受付、レストランの案内係、手縫いの仕立て屋、訪問販売人、露天商、集金人、レジ係、カジノのディーラー……といった具合で、背後に時代変化の影響を色濃く感じるものが多いけれど、ますます高度な次元で利用されるようになったロボット技術によって侵食される専門技術者も、消える仕事のターゲットに沢山入っている。

たとえば外科手術の縫合などは、人間の医師よりも機械のほうがより正確で安心らしい。手術ミスで体内に医療ハサミを置き忘れて縫合してしまい重大な結果を招く、などというニュースがあるけれど、コンピューターを主体にした機械ではそういう「うっかり」はおきなくなるのだろう。

日本の生活のなかで、かつてぼくが一番「大きな変化」だ、と感じたのは「電車の乗り降り」に関する圧倒的な機械化だった。

ちょっと前は、切符販売の窓口にいって行き先を告げ、お金を払っていたが、自動切符販売機の登場でこの「ヒト対ヒト」のシステムは消えた。さらにまだその時代までは改札口でその切符に独特のキップ切りハサミを入れてもらった。しかしすぐにチケット自動読み取り機の出現で改札にヒトがいらなくなった。しばらく旧来のキップにハサミを入れるシステムと混在しているときがあって、改札口の一部は、そういうキップ切りの人にパチンとやってもらっていた。

ハサミでキップを切る方法しかなかったときは、あの改札口にいる駅員は常にハサミをカチカチ動かし、いかに電光石火でパチンとやるかの連続空《から》パチパチ訓練の姿がなかなかよかった。

我々も、このシステムに慣れていたから、チケット自動読み取り機があっても、なんだかちゃんとハサミでパチンとやってもらわないと「通過した」という満足感がなかった。キップ切りの人も、キップをパチンとやりたくても、切符の人が減ったからあのパチパチの運動を持て余していたような気がした。

それがいまはチケットだけじゃなく各種カードをパッと押しつければいいようになってしまい、キップパチンパチンの仕事はほぼ消えた。消えても鉄道会社という大きな組織では、ほかの部署や仕事に変わっていけばいいだけの話で、あの仕事がなくなったことでさしたるダメージを受けなかった筈だ。

飛行機もチケット購入から手荷物検査までのシステムがまるっきり変わった。ペーパーレスが大きな目的のひとつだというが、一連の人間による手続き仕事が無くなったことで、随分合理化が果たせたのだろうということはよくわかる。

しかし、いまのあの「二次元バーコード」という四角い小さなゴミ模様だけでどんどんコトが進んでしまうのに慣れるのにぼくなど随分時間がかかった。あんな四角いゴミ模様がどうしても信用できなかったのだ。

携帯電話の普及とともに長い時代馴染んできた、いわゆる有線の電話「公衆電話」がどんどんなくなっていって、急ぎの電話などのときは電話機探しにかなり焦り、しばらく抵抗していたぼくもいまは普通に携帯電話を使っている。でもそのときに考えたことがある。

むかしの公衆電話は十円玉投入式だった。三分だったか、規定時間がくると続けてすぐに十円玉を投入しなければならないから、話が長くなりそうなときは片手に沢山の十円玉を握っていた。

それでは不便だというので、たしかあらかじめ六十円までいれておくことができる電話機が開発された。それでも不便だというので百円玉が投入できる電話機が登場したが、百円を投入しても案外早く話が済んでしまい三、四十円ぐらいしか使っていないと思っても「オツリ」が出ない。丸々余剰分を挨拶もなしに持っていかれてしまう、ひどいじゃないか、と友人の弁護士が怒っていたもんだ。

しかし、これらのコイン投入式の電話はやがてすぐにテレフォンカード用の電話にとって代わられた。あの頃はそこらを行くと五百円のテレフォンカードをよく貰《もら》った。誰の財布にも五、六枚は入っていた筈だ。コイン投入式よりも確かに便利だから（おつりをぶんどられないし）これは画期的な機能改革だったからコイン式電話機はたちまちカード式のものに変えられていった。使用者の評判もよかったのだろう。このスピーディなシステム改革は歓迎されたようだ。でも、そのとき、電話会社はどうしてこんなにあっという間にテレフォンカード式に切り換えていったのだろうか、という疑問を持った。

少し考え、やがてフト思ったコトがある。

あのコイン投入式の電話からはかなりの頻度でコインを集める「専用集金人」がいた

筈である。全国的なスケールで考えれば相当多くの「集金人」が絶対いた。さらにエリアごとにそれらを集める「集金事務所兼移送システム」みたいなものがあった筈だ。そこに集まってきた夥しいコインをまとめ、もっとおおもとのどこかに運んでいかねばならない。

テレフォンカード式にすると、これらの人的システムは不要になる。夥しい数の「集金人」や「内部処理運搬係」の人々は不要になる。これも「消えた職業」「消えた仕事」ということになるだろう。

しかもテレフォンカードは原則「プリペイド」である。使う前にカネを払っているのだ。これほどリスク不要の集金システムはない。しかもわたしたちはあの頃、残り使用度数が少なくなると、机の引き出しのなかにいれていつかまとめて使おう、などと考えていた人が多かったように思う。

そうこうしているうちに携帯電話時代だ。いまやテレフォンカードすら持っていない人が沢山いる。お金を払っておきながら机の引き出しの奥で眠っている全部使い切っていないカードの残り使用金額の国民的合計金額はいったいどのくらいになるのだろうか。

世の中の変化は、こうした身近なものでさえ簡単に、旧来のシステムを変えていく。我々もまわりを見回して考える必要がある。作家など本当はいらないものなあ。

単行本あとがき

エート、こういう雑文集の「あとがき」というのは難しい。毎週毎週締め切りがくると反射的にフミキリじゃなかったシメキリが閉まる前にまにあわせなくっちゃ、というだけの理由で書いているのが一冊分集まって本になる。昆虫がざわざわいって集まったのとさしてかわりない、というよりも昆虫の集団にはそれなりの意味と理由がある筈《はず》だ(たぶん)。

こっちはそういうものが何もない。総括的なこともとくにない。せいぜいいえばこの一冊はシリーズ十冊目というではないか。よくぞこんな駄文集を十冊も本にしてくださった、と頭をふかく垂れるしかない。

で、ここではフロクとしての、話をひとつ書かせていただきたい。

いつか見ようと思って引き出しの奥にしまっておいたアメリカのテレビドキュメンタリーシリーズ「ディスカバリー」をいましがた見たのだ。ぼくはどういうわけかアナコンダが好きで、南米でホンモノを見た、ということもあるのだが、この世界最大の大ヘビが気になって仕方がない。

南米でネイティブが十人ぐらい横にならんで一四メートルぐらいのアナコンダを抱えている写真を見たとき「アギャー！」と思ったものだ。ポルトガル語で簡単な説明が書いてあるのを読んでもらったら「三人の犠牲者をだした後に捕まえた」とある。三人の犠牲者とはつまり、そのアナコンダに呑《の》み込まれてしまった、ということだろう。そういえばここことあそことあのへんが不自然に膨らんでいるなあと思って子細に見てしまった。

そのテレビドキュメンタリーは長さ八メートルのアナコンダに人間が呑み込まれる実験をしようというものだった。アナコンダが獲物を襲うときは、まず獲物を長い体でぐるぐるに巻き込んで全身の力をいれ、呼吸をさせなくする。まず窒息死させてしまうのだ。そうして動かなくさせて頭のほうから呑み込んでいく。

勇気ある実験者はこの締めつけに耐えられるような防護（鎧《よろい》に鋼鉄ヘルメットと思えばいい）をほどこし、まわりのチームに心拍や神経組織の変化をモニターできるようにして挑んでいく。たちまちアナコンダは実験者をぐるぐる巻きにして締めつける。その様子を実況報告するというのだから、まあ普通の神経ではできないことで立派である。

しっかり実験者を締めつけたあとアナコンダが大きな口をあけて呑み込もうとするところが、実験者がヘルメットに装備してある小型ビデオカメラで鮮明に写る。その段階で実験者の腕の神経がおかしくなる様子を知らせる電子チェックがはいり、本人からもSOSの声がくる。さっそく救助態勢にはいり、実験者は生還する。そういう一時間ドキュメンタリーだった。

あまりにも強烈だったので、これは誰かに言わねば、と思ったのだが時刻は午前三時である。そこでこの「あとがき」に大声で叫んでいる、という次第なのだ。

ヘビ嫌いでキモチ悪すぎる、という人はどうかおゆるしを。ぼくもアナコンダのやることなすことに興味があるだけで別に好きなわけではないのである。

ただし、パンタナールかどこかで赤ちゃんのアナコンダが道を横断するところと出あったことがある。クルマを降りて近くでみると長さ三メートルぐらい。日本的レベルでいったら大ヘビだろうが、アナコンダの赤ちゃんはすぐ近くまでいっても恐ろしくないし、ぼくにも抱けそうな気がした。やはり赤ちゃんはどんな生物も可愛《かわい》いのである。

これなら、今は見ることはできないブロントサウルスとかマストドンなどの恐竜も赤ちゃんのとき見たら可愛いのだろうな、と思った。そうしてこれは「あとがき」としての完全な「こじつけ」なのだが、単細胞微生物も、きっとそれぞれ最初から可愛いのだろうなあ、というハナシである。その気になればコップにいれて飼うこともできそうではないか。

二〇一五年二月　鬱期のさなかに

椎名　誠

文庫版のためのあとがき

この本は週刊誌に毎週二ページの分量で連載しているエッセイを時系列にならべたものである。単行本になる分量がたまると一冊のエッセイ集になり、通常はそれが発行されてから二、三年でこのような文庫本におさめられる。

ぼくはいくつかの週刊誌にもう三十年ぐらい前からそういう一週間ごとに締め切りのくるエッセイの連載をやってきたので、それらを収録した単行本や文庫本がいっぱいあって自分でもアキレル。よくこんなに書く話題があったものだなあ、と思うからだ。

十五年間ぐらいは二種類の週刊誌にまたがって連載していたから、話のネタさがしがたいへんだった。でも人間というのはけっこうしぶとく慣れるもので、なんとか締め切りまでにはそれぞれ違う内容の話（あたり前だが）を書いていたのだった。カラダとか手とかアタマがそういうリズムになっていたのだろう。

いまよりも若かった、ということもあるだろう。書いてから六、七年たっているのを校正のためにいま読んでいると、あの頃はよくこんなことを書いたものだなあ、と自分で感心する。内容の出来不出来は別にしてですよ。

二〇一七年十二月

椎名　誠

解説――世界征服計画

宍戸健司

二〇一七年・九月某日、俺は出社するといつものように雑誌棚から、届いたばかりの「サンデー毎日」を手に取り席で読みはじめた。太田和彦《おおたかずひこ》の「おいしい旅」を読んだ後、椎名誠の連載ページを探していると、あの沢野《さわの》ひとしが北京《ペキン》の公園&居酒屋の紀行文を載せているではないか。俺は直感的に〝何かある〟と感じ、あわてて椎名の連載に目を通した。内容には特段変わった様子はない。いつもながらの軽妙な文体で、コブラ酒のことなどを綴《つづ》っている。ふと欄外を見ると、やたらと小さな文字でコメントがあった。〝椎名誠さんの連載「われは歌えどもやぶれかぶれ」は今回で終了いたします……〟

本文中のイラストなどにもそれらしき雰囲気がないまま連載は終了していた。〝まただ……〟いつものこととはいえ、次に何が起こるのか、何を始めるのか？　ある機関から指令を受けている俺は、監視対象者《ターゲット》の行動に先の見えない不安を感じていた……。

俺が椎名誠と出会って二十年程になるが、その間もそれ以前も、椎名誠は様々な行動――作品作りや遊びなど全て――においていつも唐突かつ発作的に何かを思い付き始動し、ある時何の前触れもなく終了する。これは何を意味するのか。世界に存在する僅かな研究者の間では〝そのエリア（もしくはジャンル）の役割が終ったのではないか〟という説が有力になっている。ある人は椎名誠とは、色の黒い、背の高い、ビールをガブガブ飲む作家だと認識している。またある人は「幕張《まくはり》じゃーなる」を皮切りに「月刊おれの足」「月刊ストアーズレポート」「本の雑誌」など質の高い雑誌を創刊する麺好きの敏腕編集者であると言う。またまたある人は、アマゾンから北極まで極地へ出かけては現地の住人と一体になって、変な飯を喰《く》う冒険家であると思っている。これら以外にも、映画監督であり、写真家であり、雀鬼《ジャンき》であり、夫であり、父であり、祖父でもある。これは全て事実ではあるが、表向きの見せかけだけの姿と言ってよい。それでは椎名誠とは何者なのか。ここで世界で初めて椎名誠の真の姿を明かすことにしよう。組織に許可なくこの事実を公表すると俺の身に何かが起こるかもしれないのだが。

本当の椎名誠の姿とは、シーナマコトなのである。

シーナマコトとは、実体を見たものは誰もいないが、恐ろしいほどの感染力を持つ流行病《はやりやまい》か、誰もが虜《とりこ》になる宗教の教えと見るのが近いように思う。シーナマコトは椎名誠を主たる棲家《すみか》とし、次々と仲間を増やしてゆく。仲間となったもの――感染者と呼んでもよい――は、日々同じ感染者と行動を共にしたい欲求が抑えられなくなり、私財を投じて仲間の元に出かけ大量のアルコール（主にビール）を摂取するようになるのだ。

では、このシーナマコトはどこから来たのか？

現在の研究では、この鍵を握っているのはあの沢野ひとしである、と定義されている。今から六十年近く前、東中野《ひがしなかの》の中学校に通っていた沢野は、成績は良いがちょっと変っている木村晋介《きむらしんすけ》と知り合う。その後、千葉県に引越した沢野はそこで乱暴者でありながら、本ばかり読んでいる謎の少年・椎名誠に出会うのだ。この時の椎名誠がシーナマコトを発症していたかどうかは今となっては知る由もないが、沢野は次第に椎名と親しくなり、突如として椎名が企画した「相撲大会」に、木村をわざわざ東中野から呼び出したのである。この相撲大会で、なんと決勝に残ったのは椎名と木村であった。この出来事以降、椎名・沢野・木村は急速に親しくなり、千葉と東京を互いに行き来するようになったのだ。その後、行き来が面倒だという理由で、小岩《こいわ》に克美荘《かつみそう》なるアパートを借り、摩訶不思議《まかふしぎ》な共同生活が始まった。ここで注目すべきは、受験を控えていた木村が、何ゆえ自宅よりも不便で、風呂もストーブもないような小岩のアパートに越さなければならなかったのか。これこそ、正にシーナマコトに感染している証左なのである。この段階で第一次となるシーナマコト世界征服の土台となる核が出来上ったと言ってよい。シーナマコトに感染すると連還し、より強固な仲間を増やしてゆく。その後、椎名誠はシーナマコトの意のままに、木村から紹介された木村の高校時代の友人・渡辺一枝《わたなべいちえ》と出会い結婚した。ここに第二の核たる拠点が完成した。これらの事実から見えてくることは、沢野さえいなければ、椎名が木村と出会うこともなかったし、木村と出会わなければ渡辺一枝と出会うこともなかったのである。この後も沢野は椎名の転換期には必ず関わっているのだ。また沢野には、シーナマコトの亜種と言われているサワノヒトシが宿主としているとの報告もある。ただしサワノヒトシは恐ろしいほどのユニークな性質を持っているが、感染力が弱いということからまだ研究者の間では危険視はされていない。

一方、当時椎名が勤めていた流通業界の専門出版社において、ほとんど一緒に仕事をしたことがない目黒考二《めぐろこうじ》という男になぜか触手をのばし、その性質を利用し「本の雑誌」を創刊させた。この地味ながら特徴的な雑誌はすぐさま読書界に浸透し、一部の本マニア及び出版社勤務の若手編集者に感染を広げた。しかし、本好きというマイナーな、しかも世間では陽《ひ》の目を見ないような人々への感染だけでは満足できないシーナマコトは、編集者の感染者を利用し『さらば国分寺書店のオババ』を単行本として刊行させ、数万人の感染者を作り上げることに成功した。その後も次々と小説・エッセイを椎名に上梓《じょうし》させ、現在の出版界では全出版人の七割二分ほどの感染が確認されている。さらなるシーナマコトの野望は続く。雑誌・書籍というメディアで味をしめたシーナマコトは、次にさらなる拡散を目指し、電波の世界に狙いを定めた。すでに感染者の多かった広告代理店を使い、ジーパン及びビールのCMに椎名を登場させ、日本国中津々浦々にシーナマコトをバラまいた。しかし、電波を通じての感染があまり強力ではないと気付き、コアな人間が多い映画の道へと椎名を導いたのだ。『ガクの冒険』で初メガホンを取った椎名は次々と映画を制作し、関わった役者・スタッフは言うに及ばず、観客も暗い劇場で長時間シーナマコトに接することで、TVを媒介にした視聴者に比べ、強力な感染を実現させた。この時点で日本の総人口の約四割は何らかの形でシーナマコトに接触したものと考えられている。さらにシーナマコトは人間界だけではあきたらず、椎名に〝あやしい探検隊〟なるものを組織させ、離島やら源流やらに向わせた。このメンバーは、沢野・木村をはじめとして、ビール、焚火《たきび》をこよなく愛し、色黒で麺好きのシーナステージ5以上の者が選ばれた。彼らをことあるごとに山や川や海に送り込み、オオサンショウウオやらイボハタゴイソギンチャクなど日本のありとあらゆる在来固有種に感染させた。その結果、夜行性であった動植物の中に、陽光降り注ぐ日中に活動するという変異体の存在が確認され、そのほとんど全てが生ビールに群がるという特質を持っていた。また椎名は日本以外にも活動の範囲を広げ、エスキモーやアボリジニといった少数民族とも接触。次々と世界にシーナマコトを振りまいていった。一方、日本国内では一度罹《り》患《かん》した人間のステージをさらに上げるべく、〝ウ・リーグ〟なるものを組織し、沖縄から北海道に至るまで千名ものステージ5以上の感染者を創り出した。この組織は毎週末日本各地の広場に集まり、真冬であっても短パン・Tシャツで暴れ回り、その後に生ビールを大量消費し奇声をあげているという。また、シーナマコトの大きな特性のひとつでもある仲間を助けるという行動は、かの東日本大震災のとき、東北地方の感染者を救うべく政府の支援より早く物資を調達。毎晩トラック二、三台を東北地方に送り込み、シーナマコト減少の危機を逃れたという。さらにさらに、最近台頭しつつある様々な対抗勢力を迎撃するために、十年前より親衛隊ともいえる〝雑魚釣り隊〟を結成。正規メンバーは、ステージ10以上の強者《つわもの》で、夜な夜な新宿三丁目に集い、世界征服に向けて密談を操り返しているとの情報がある。この雑魚釣り隊のメンバーには、わざわざ台湾からこのメンバーになるためだけに移住してきた者や、アラスカに居を構えていながら頻繁に新宿三丁目に出没する強者もいるらしい。研究者の間では、新宿三丁目には近づくなというのが定説だ。主に午後九時以降、街ですれ違う老若男女の九割九分九厘がシーナマコトに占領されているのである。これを読んでいるあなたも、おそらくシーナステージ1くらいであろうが、これ以上進行させたくなければ、新宿三丁目には近寄ってはならない。

そろそろ疲れてきた――。

世界のトップシークレットを公《おおや》けの元にさらしたからには、俺の生命もそう長くはあるまい。最近、仲間から〝冬なのに何故日焼けをしているのだ〟などと聞かれるようになってきた。色白の両親から生まれているにも関わらず、だ。急にモーレツな勢いでタンメン大盛りと生ビールを欲してきた。いよいよ俺のシーナステージもＭＡＸまできてしまったようだ。俺はいつものように静かに新宿三丁目へ向う準備を始めた……。

追記　椎名さん、ナマコシリーズの十巻目の文庫化、おめでとうございます。この記念すべき文庫化の巻末に、ヘンテコリンな解説ですみません。なお、本解説は、事実であったり、そうでなかったり、妄想だったり、巨大な真実だったりする。

（ししど・けんじ　雑魚釣り隊客人〈待遇〉／編集者）

初出誌『サンデー毎日』二〇一四年四月六日号〜一一月一六日号

本書は、二〇一五年三月、毎日新聞社より刊行されました。

椎名 誠「ナマコのからえばり」シリーズ

人はなぜ恋に破れて北へいくのか

目が覚めれば待ったナシの締め切り地獄。
タマネギと餃子ライスを愛し、釣りと焚き火に血道を上げる。

下駄でカラコロ朝がえり

不眠症にサヨナラしたかと思ったら老眼がコンニチハ。
近所の居酒屋から世界の辺境まで下駄を鳴らして駆け回る。

うれしくて今夜は眠れない

日常における突発的イチャモンから世界のあれやこれやまで、
意外にためになることとたわいもない豆知識のせめぎ合い。

集英社文庫

流木焚火の黄金時間

躍進中国の原動力を考察し、放射能問題に警鐘を鳴らし、
たまにいたいけな孫にホラ話を吹き込むシーナ的日常。

ソーメンと世界遺産

なぜつまらない通販CMを5分間も見てしまうのか。
ビール飲みつつシーナは今日も無駄な思考で夜を過ごすのだった。

カツ丼わしづかみ食いの法則

ヒトの釣った魚を横取りして生ビールでカンパーイ。
尿酸値増加の危機も軽くいなし、豪快なカツ丼の食い方に魅せられる。

集英社文庫

単細胞《たんさいぼう》にも意地《いじ》がある　ナマコのからえばり

2018年1月25日　第1刷　　定価はカバーに表示してあります。

著　者　椎名《しいな》　誠《まこと》

発行者　村田登志江

発行所　株式会社　集英社
東京都千代田区一ツ橋2-5-10　〒101-8050
電話　【編集部】03-3230-6095
　　　【読者係】03-3230-6080
　　　【販売部】03-3230-6393(書店専用)

印　刷　株式会社 廣済堂

製　本　株式会社 廣済堂

フォーマットデザイン　アリヤマデザインストア　　マークデザイン　居山浩二

ISBN978-4-08-745693-6 C0195